新世紀
少兒文學家

新世紀
少兒文學家

新世紀
少兒文學家

新世紀
少兒文學家

# 紅龜粿與風獅爺

鄭宗弦——著
劉淑儀——圖

林文寶——主編

# 編選前言

國立台東大學榮譽教授　林文寶

「少年小說」是少年、兒童閱讀領域中甚為重要的一種體裁，具有「跨越性」的功能——從童書導向成人閱讀的跨越。在台灣，少年小說擁有廣大的閱讀群眾。無論是歸屬於台灣本土創作與得獎作品，還是大量翻譯國外優良的作品，廣度上在於出版的「數量」；深度上在於作品的「品質」，均有相當高層次的水準，這是令人欣喜的現象。

然而，地球村潮流與文化殖民影響，相對的，無形中也造成「文化霸權」的入侵。深具台灣人文關懷與本土自然風情的優秀創作，往往因此緣故，可能出版未久，便覆沒在廣大的書海裡。

於是，為了免於有遺珠之憾，各項評選、推薦的活動順勢而起。一方面期望在茫茫書海中為讀者再次尋找優良的作品，這樣的歷程，可謂是在精華中萃取精華；另一方面也是為在地語言、本土文化、歷史傳承與深具台灣本土意識的佳作，提供再一次聚光的舞台。

所以，關心兒童文學出版，有其必要性的適時觀察、檢視，以期了解全面性的發展過程。綜觀兒童文學無論是常態性的出版運行，還是隱藏性的書寫變化，都是在呈現一時一地文學之菁萃，使其蓬華生輝。

筆者長期蒐羅兒童文學作家作品，輯注出版書目，曾於一九八七年及一九九八年兩度策劃兒童文學各文類階段性編選工作，並編纂二〇〇〇至二〇〇九年兒童文學年度精華選集。

就兒童文學小說一類之演進，在關注發展與多方蒐集資料，題材自寫實鄉土至奇幻異境；從孤兒自勵到頑童冒險，可見取材視野之開闊，風格也趨向多元多變。

在見證作品豐富多變之時，身為讀者固然「開卷有益」是一種幸福，然而作為評選者往往就得慎重面臨思索、分析與取捨作品，來滿足讀者及研究者。慶幸在不同時期，我們擁有願意支持這份志業的出版家，以及願意擔負這份重責的編選者，所以完成多部眾聲喧嘩、質量可觀的兒童文學小說選集，持續為茁長兒童文學的枝幹，增添新葉。

九歌出版社自一九八三年設立「九歌兒童書房」（後更名為「九歌少兒書房」）書系，其文教基金會繼於一九九三年起舉辦「九歌現代兒童文學獎」（後更名為「九歌現代少兒文學獎」），不論是獎勵作家創作或是出版優秀作品，每件事都為台灣少年小說的開展樹立典範。為服務廣大兒童文學小說愛好者，特地規劃「新世紀少兒文學家」書系，以個別作家的整體作品為範疇，精選適合少年兒童閱讀的作品編輯

# 編選前言

成冊，這樣的兒童文學作家作品編選方式是前所未有的。

在台灣兒童文學創作領域以少年小說為創作主力者，在各時期都有名家傑作產生。有些職志未改，始終關注青春少年議題，為其發聲，儘管時空轉換，仍是筆耕不輟；有些志趣轉向，然而對少年兒童的精準描繪與豐富想像仍舊可觀。

這些作家對台灣少年兒童所處的家庭、學校、社會構築的生活有其獨到的論述，成就獨樹一幟的敘事，不僅體現在地作家的人文關懷，更形成反映本土現實的珍貴資產。

本書系為本土少兒文學名家作品選集，主要提供國小高年級及國中以上學子閱讀之優秀作品，所選名作都與少年讀者生活息息相關。文章以精短為主，可讀性與適讀性兼具，以期少年讀者能獨立閱讀。

走過千禧年，在第一個十年之時，希望本書系之出版能為本土少兒作家的文學成就獻上禮讚，亦為台灣少年讀者的閱讀視野再闢風光，謹以為誌。

推薦鄭宗弦

# 青春歧異而繁複的面貌，實踐小說家淑世的職志

獲獎無數的青年作家鄭宗弦是近十年來兒童文學創作耀眼的新星，無論是散文、童話或小說，屢屢展露異采，以中長篇少年小說見長。作者杏壇執教多年，作品不乏聚焦學生成長與校園生活；然而作者卻未見自我侷限，在質量均豐的作品中，我們每每看到鄭宗弦銳意求新的企圖與表現。

從〈流浪漢的自尊心〉憬悟到自己前程茫茫的行為偏差少年，以及在〈高雪莉的化妝舞會〉上卸下假面彼此坦誠以對的少女，作者對當代少年少女的境遇有深刻的心理剖析。在〈一封沒有寫字的信〉裡寫情感纖細的盲生與友誼，在〈相

見歡〉裡寫癌症病童與親情，作者在關懷弱勢兒童之餘，更細膩摹想其身心與人際關係之發展。

鄭宗弦確實帶領少年讀者藉由閱讀見識了青春歧異而繁複的各種面貌，同時也透過作品實踐小說家淑世的職志。無論是講述紅龜粿家業後繼無人的〈紅龜心事〉，或是以金門為背景，談論傳統宗教與現代科學相互衝突的〈愛上風獅爺〉，還是探討布袋戲技藝斷層與價值淪喪的〈失去聲音的戲棚〉，這些故事都以少年主角的視角審視其父祖先輩的生活轉變，對於少年讀者獨立閱讀反芻省思極有助益。

本書選錄作者短篇小說，作品主題涵括當代少年男女之問題處境，傳統技藝與文化民俗的式微與承傳，以及常民起居與草根俚諺的紀實與活用，這些議題的深化與知識的演示，都顯見作者作品精采特出之所在，殊堪品味再三。

林文寶

與小讀者談心

# 做自己喜歡的事，真開心

從小我喜歡畫畫，也立志要當一位畫家，可是長輩並不支持。

我生活在大家庭中，阿公和阿嬤是家族的領導中心，老一輩的人認為所謂「畫家」是填不飽肚子的，而可以勉強填飽肚子的，是路邊幫人畫電影看板的「工人」。所謂「萬般皆下品，唯有讀書高」，小孩子怎麼可以立志當工人呢？因此，每個月初一、十五拜拜，和初二、十六做牙時，阿嬤都會領我向神明拜拜，祈求說：「請保佑阿弦仔長大以後作醫生，賺大錢。」

國小一年級時，媽媽偷偷帶我到新港國中和一位美術老師學畫，一個月四次，學費是一百元，跟現在比較起來實在是很便宜。第一次上課，畫的是靜物，桌上擺了一個洋娃娃，我畫完之後，老師非常驚喜，叫旁邊許多國中生來看，說：「這位小弟弟才念小一，就畫得跟你們一樣好了。」我好高興。學了兩次之後，家人全都知道了，第四次上課前，我找阿公拿一百元繳學費，阿公不給，找阿嬤，阿嬤也不給，怕我學畫畫而荒廢功課，爸媽看在眼裡，也不敢給我。我很傷心，不但不能學想學的東西，還欠老師七十五元，非常愧疚。

國小五年級時，學校有一位老師教國畫，我又要求學畫。

或許是功課穩居前茅，長輩們便放心答應了。這一學學了兩年，雖然學的都是基本功，卻是我有生以來第一次體會到什麼叫做「充實、滿足、成就和快樂」。此後，臨摹古畫成了我讀書之餘最主要的休閒娛樂，一直到大學為止。

畫畫之外，我熱愛民俗藝術，看到電視上介紹石雕、木雕、剪黏、交趾燒……，我都很想去學。我自學剪紙、茶藝、中國結，沉浸在民俗藝術中，與同學老師分享作品，還做了幾個精緻的中國結飾品，便宜的賣給同學，皆大歡喜。高中時還發願：「有一天要薪傳民藝，獲得民俗技藝薪傳獎的榮耀。」大學時真的就到民俗技藝社學傳統布袋戲，還掛了副社長兼布袋戲組組長的頭銜。

高中時，受到賴燕玉老師的啟發，我開始對現代文學產生興趣。大學就讀中興大學農藝系，大一的國文老師賴芳伶令我印象十分深刻。他談日本的「櫻花美學」，談「達觀」，都大大的衝擊了我固有的思想。賴芳伶老師給我的啟示是「哲學」是「文學」之母，而哲學來自生活體驗、反省，還有窮究事理，追求真相的一顆好奇的心。

我萌生轉中文系的念頭，並且到教務處去申請登記。後來賴老師知道了，並不鼓勵，爸爸知道了，也不贊成。於是我撤回申請，繼續讀完農藝系，並且考上農業推廣教育研究所。然而這六年，我過得並不開心。

直到服兵役時開始投稿，我又找回藝術文化「創作」帶來的成就感，我發憤用功，研究文學作品和創作理論，得到無比的滿足。漸漸的，不但作品受到錄用刊載，還陸續得獎、出書，並且名列少兒文學作家之列，一連串的「好運」，自己都驚訝。這一回，我不但可以用文字來「作畫」，還能把小時候的興趣，都寫進我的作品裡，那種喜悅是超越雙倍的。

回頭看看成長經歷，我感到「做自己喜歡的事」，真的很重要。

去年，有一位從事美術設計的朋友想辭去公司的工作，放棄高薪，轉而從事收入不穩定的插畫創作。他說：「這是我最想做的事，我想留下一些作品。我平常生活很簡單，一個月能有一萬元，我就能過了。」許多人都替他擔心，但從這句話中，我相信他將會過得很充實很滿足。果然，一年過去了，他精心創作的作品受到出版社的肯定，合作計畫不斷湧來，他好高興，收入老早超越那卑微的需求。

台灣是一個多元的社會，行行都能出狀元。沉浸在興趣中，廢寢忘食的朝自己設定的理想前進，那種興奮與滿足，真是令人回味。這是個人成長的動能，也是社會進步的動力，就怕你老是不知道「自己喜歡做什麼」。

少年朋友們，我也很希望你能跟我一樣，勇於探索，找出興趣，堅持最愛，走出自己的道路。那種感覺，真的很開心！

鄭宗弦

二〇一〇年五月十二日

寫於台中

目錄

# 1

# 一封沒有寫字的信

# 1

「噹——噹——噹——」

下課鐘響了，教室內忽然湧出同學的嬉笑怒罵，桌椅碰撞，和逃難似的跑步聲。

美雅收拾一下桌上的東西，站起來，數著步子走出教室。

「一、二、三、四，左轉，一、二、三、四、五、六……」

「美雅，走，我們去玩拍拍手。」是小倩，美雅最要好的同學。

美雅停下來，說：「不要，妳去跟別人玩。」

「要不然我們進教室，我陪妳玩組合積木。」

「不要，我不想玩。」

「那麼妳要幹什麼？我陪妳去。」

「不要！」美雅堅決的說：「妳不要管我啦！」

「唉呦！真討厭。妳最近很奇怪耶！都不跟我玩。」小倩遭到拒絕，哭喪著臉。

這時婷宜跑過來嚷著：「小倩，要不要玩超人拳？」

「好哇！」

小倩有了新玩伴，立刻精神百倍，頭一轉，快快樂樂的玩兒去了。

美雅繼續數著步子往前走。下課時間只有十分鐘，她得好好把握。

終於，她到達操場邊的矮樹叢。她蹲下來，兩手環抱膝蓋，將滿心期待化成專注的品賞。

乾爽的空氣中飄散著淡淡的桂花香。雖然比起前幾天，味道明顯淡薄了，但是甜甜的氣息仍然逗得美雅張開嘴，開心的笑著。

美雅歪著頭，沈醉在花香裡，彷彿沐浴在桂花泡泡澡中。她並不知道，前天深夜的一場秋雨幾乎打落了所有金黃色米粒般的桂花瓣。她不知道頭頂上的陽光威力已經減弱，日照的長度漸漸減短。她也不知道她的導師，四年五班的林老師，正遠遠的從教室門口望著她。

林老師留意美雅好幾天了。似乎是中秋節過後，美雅就變得沈默，下課時很少跟同學玩，常常一個人跑到矮樹叢發呆。

是矮樹叢有什麼好玩的東西嗎？還是美雅遭遇到什麼困難嗎？美雅是個特別的孩子，雖然不方便，個性卻很堅強，就算真的有心事，也未必會透露出來吧！這樣想著，林老師的憂心加了三分。

林老師走過穿堂，輕輕的來到美雅身邊，說：「美雅，妳在這兒做什麼？這幾天下課時，老師都看見妳一個人跑到這附近，是不是遇到什麼難題？跟同學吵架了嗎？」

「老師。」聽到老師的聲音，美雅有一點點驚訝，不過她隨即笑瞇瞇的說：「沒有哇！」

「真的嗎？」林老師不放心。「妳不是最喜歡和小倩玩拍拍手的嗎？可是這幾天妳都沒和她玩，一個人跑到這裡。難道這裡有什麼好玩的？」

「嗯！這裡很好喔！」美雅抬起頭，深深的吸一口氣。「這裡香香的。」

「香香的？」林老師努力的嗅一嗅。「有嗎？」

「有哇！香香的。」美雅認真的點點頭。

「有嗎？」

林老師皺著眉頭，小狗似的繞著身子嗅了一圈，卻聞不出什麼特別的氣味。她左看看，右瞧瞧，想找出美雅所說的香味的來源，然而眼前卻只有撲撲閃耀的陽光、藍天白雲、紅土操場、操場上百來位追趕跑跳的學生，和蹲在地上閉著雙眼向著她的美雅。

她怎麼也沒發現，有七朵金黃色的小小花兒躲在濃綠的樹叢中。

# 2

第二天早晨，學校會議室中，召開例行性的教師晨會。

導護老師正在台上報告清潔工作檢查情形，台下四年七班鄭老師感到有一點無聊，將頭伸到一旁，找四年五班的林老師輕聲的聊兩句。

他說：「嘿！你們班那個盲生鬧彆扭嗎？我昨天看到她蹲在地上，你站在旁邊跟她講話。」

「哦！你看到啦？」林老師笑笑說：「不是啦！我是看美雅最近怪怪的，下課時總喜歡跑到矮樹叢邊，一個人發呆，我去問她怎麼回事。」

「結果是怎麼回事？」

「也沒什麼？她說那邊香香的，大概她喜歡香味吧！可是，我怎麼聞就是聞不到香味。」

「她有沒有說什麼香味？」

「沒有耶！」

「果然，盲生的嗅覺比一般人靈敏……」

這時，台上輪到總務主任說話，他高高舉起手，一封白色的信件在他手上晃來晃去的，吸引了鄭老師的目光。

總務主任說：「各位老師，我這裡有一封信，是從惠明盲校寄過來的，收件人寫『六年一班先生小姐』，底下有一行小字『A 0028105廖玉珍』。可是六年一班沒有這個人，我找遍全校名單，也沒有這位小朋友，請問有哪一位老師知道的？如果有的話，請會後與我聯繫，謝謝！」

「啊！」鄭老師楞了一下，腦海裡灌進一連串的畫面：

十幾位盲生，穿著整潔優雅的服裝，在禮堂的舞台上表情專注的演奏著各色樂器。鋼琴、手風琴、長笛……，樂聲悠揚動人，具有專業水準。

舞台下，幾個調皮的五年級學生嘻嘻哈哈，笑鬧成一團。

課堂上，他斥責那幾位調皮的學生。一張張稚嫩的臉孔透出懺悔的表情。

他宣布全班一起認養盲生的點子，經同學表決通過。

班長收著同學捐出來的零用錢。

一張盲校寄來的，一位眼盲的小女生的照片。

畢業典禮上，同學哭紅雙眼，相互擁抱，離情依依……。

「啊！廖玉珍……」鄭老師悠悠的說。

林老師轉頭看他：「怎麼？你認識嗎？」

「我認識，不過她不是我們學校的小朋友，她是……」

話沒說完，鄭老師也不管會議還在進行，起身就往總務主任走去。

## 3

鄭老師回到四年七班教室，拆開信封，裡面是一張沒有寫字的信。他反射性的吃了一驚。

那是一張雪白的紙，和圖畫紙一般厚，上頭十分潔淨，沒有沾染絲毫的墨水。不過撫摸紙面就知道玄機了，上頭有一點一點的小突起，密密麻麻的刻滿了神秘難解的密碼。

「呀！」鄭老師露出喜悅的笑容。

那笑容只停留了三秒鐘，即刻變成癟嘴的窘態。

他想起林老師和美雅，當下有了主意。不過他仍然故弄玄虛的向同學們展示手上的怪信。

「大家看，老師收到一封怪信，沒有寫字的『無字天書』。你們看，一個字也沒有。」

同學們看見了都發出驚訝的怪叫，班上起了一股騷動。

「誰？誰知道這是什麼信？」鄭老師刻意皺起眉頭。

有幾個比較好奇的學生衝到前面來，拿起信紙，就著光線仔細端詳。

「老師，上面有好多好多的小洞喔！」林彥佑說。

「你知道那是做什麼的嗎？」鄭老師故意裝不懂。

「我知道，我知道，那是盲人的點字。我以前二年級和王美雅同班，我就看過她讀這種點字的書，好大好厚一本。」彥佑又說。

「你們會讀這封信嗎？」鄭老師露出哀憐的神情。

全班同聲回答：「不會！」

「那怎麼辦呢？大家想知道信裡面的內容嗎？」

同學們紛紛跳起來說：「想，想，想。」

對任何神秘的事情，即使是一封小小的信，四年級學生仍然當作國家情報機密似的，認真的看待著。

彥佑提議：「老師，我去找王美雅，叫她幫我們念這一封信，好不好？」

「哈！哈！哈！」鄭老師仰頭大笑。「怎麼你想的跟我想的是一樣的？咱們真是好默契呀！」

同學們個個眼睛雪亮，抬起頭，伸長脖子，熱切的期待。

## 4

下課時，彥佑身負重任，匆匆趕到四年五班教室找美雅，身邊跟著一群好奇的同學。

教室裡、走廊上，不見美雅的蹤影。他們進教室問林老師，林老師手一揮，說：「操場邊的矮樹叢，美雅一定是在那兒。」

一點兒也沒錯，這一節下課，美雅又跑去聞花香了。只可惜昨天剩下的七朵小花又謝了五朵，不過美雅還能嗅到一絲絲香甜。那一絲絲中還混著泥土和青草的芳氣，就像是喝完熱茶之後的冷杯子，還帶著若有似無的餘味。

她不禁懷念起中秋夜裡聞到的馥郁芳香。和現在完全不同，那種香味滿滿的，又重又濃，就像是爆了一整鍋的爆米花，鐵鍋蓋一掀開，飽滿的香味往人鼻孔猛鑽。

可是奇怪，那麼香濃的味道，卻似乎只有她一個人感受得到，其他人茫茫然，像存在另一個世界。

那一夜，美雅的爸媽約了幾個她最要好的同學，小倩和婷宜，連同她們的家人，一同到公園烤肉賞月。

他們先在地上鋪上塑膠毯子，將帶來的食物擺放上去，美雅聞到月餅和柚子的香味；大人起火時，一陣焦臭味又迎面撲來。她坐在毯子上聽到人群歡鬧聲，也感受到幾十雙腳跑跑跳跳引發的震動，心裡便奏出輕快的圓舞曲，興奮極了。

「美雅，我們來玩拍拍手。」小倩和婷宜高興的邀請她。

「好哇！好哇！」

美雅一躍而起，小倩拉著她的小手，領她到旁邊的草地上。

小倩和婷宜退後幾步，雙雙閉起眼睛，開始用力的拍手，並且跳躍著移動位置。

「啪！啪！啪！」

「啪！啪！啪！」

「這邊！這邊！」

那聲音一會兒在左邊，一會兒在右邊，美雅尋覓辨別，往前追趕。不到三十秒鐘，美雅就抓到婷宜。聽聲辨位對美雅來說就像家常便飯，再簡單不過了。

換婷宜閉眼當鬼，只聽她唉聲慘叫的，因爲她不是分不清聲音的方向，就是在黑暗中無法保持平衡而跌倒。

「唉呀！媽呀！」

婷宜跑跑抓抓，花了兩分鐘才抓到小倩，那時美雅已經笑得抱著肚子了。

接著換小倩抓人，只聽到她大叫：「唉呀！怎麼是棵大樹啊？」

小倩也差不多，不是抱到草地旁的大樹，就是拍到公園的鐵椅子，抓累了，還得蹲下來休息一下，逗得美雅開心不已。

「拍拍手」是美雅最在行的遊戲，也是她最喜歡的遊戲了。

玩了一會兒，美雅嗅到烤肉的香味，接著聽到媽媽說：「小朋友們，來吃烤肉囉！」

她們暫停遊戲，決定吃飽飯後再比一場。

烤肉雖然香，但是混著燒焦的苦味，美雅不是很喜歡。她吃了一小塊後，就請媽媽切月餅給她吃。月餅香甜，裡面包著綿密的紅豆餡，還有半顆酥酥沙沙，帶一點點腥味的鹹蛋黃，美雅喜歡極了。

爸爸剝柚子皮時，一道清涼的小珠珠噴上美雅的臉蛋，那是柚子皮裡的精油，一種讓人忽然清醒的香氣。

忽然間，她聞到一股從來沒有聞過的香味，那香味很濃，很甜，竄進鼻子裡，有如嚼著最好吃的口香糖。她感覺自己躺進溫水池中，全身舒爽放鬆；又想起曾經做過的一場夢，身體輕飄飄的，一會兒往上，一會兒往下，媽媽告訴過她，那是飛翔的夢。

「哇！什麼東西那麼香？」美雅問。

爸爸說：「是烤肉。」

「不是，烤肉燒焦了，苦苦的。」美雅說。

媽媽回答：「是月餅啦！這是在台中最有名的餅店買的，當然香囉！」

「不是，不是，不是月餅的。」

「是不是這個？」小倩的媽媽拿起柚子皮放在美雅的鼻子前。

「不是，不是柚子。」

小倩說：「可樂的味道嗎？還是柳橙汁？」

「不是，不是，都不是。」美雅搖頭。「不是烤肉，不是月餅，不是柚子，不是可樂，也不是柳橙汁。」

美雅沒有看見，這時候大家都拿起毯子上的食物，靠到鼻子前嗅了嗅，個個都鎖起眉頭，露出疑惑的表情。

媽媽說：「妳到底聞到什麼味道啊？」

「很香的味道哇！我從來沒有聞過這種香味，我不知道該怎麼說，很香，就是很香。」

爸爸說：「沒有哇！妳想太多了吧！」

婷宜也說：「對呀！我也不知道妳在說什麼。」

「有，就是有，你們怎麼都聞不到呢？你們怎麼都聞不到呢？」美雅急了。大概是不被人了解吧，她有點生氣。

爸爸看情況有點僵，故意岔開話題，指著天上的滿月說：「大家看，今晚的月亮又圓又大，真是秋高氣爽啊！」

「對呀！好美的月亮喔！」小倩說。

這時，有人在公園裡放起煙火，火光衝到兩層樓高，發出「咻——咻——」的聲音。

爸爸興奮的抓起美雅的小手說：「哇！好漂亮的煙火。美雅，好美麗的煙火。」

體貼的媽媽，伸出手臂環繞美雅的肩膀，說：「呀！那煙火裡面有紅色的光，黃色的光，綠色的光，藍色的光，還有紫色的光……」

美雅一句話都不說，心裡的氣憤加一級，因爲她看不見月亮，什麼光也看不見，只聞到濃濃的，噁心的火藥臭味。

「砰——」忽然，空中傳來一聲劇烈的爆炸，美雅嚇得猛然抖跳起來。

「哇！太美了。」爸爸驚叫一聲。

「哇！」

美雅聽到驚嘆，也聽到大家紛紛起立。

原來是有人施放高空煙火，製造佳節的高潮。

「砰——」

「砰——」

「砰——」

那煙火接二連三的在空中爆開，有的點點星光飄灑，美得像流星雨；有的燃燒火光，像一把炙熱的紅傘；還有的爆炸之後又有許多小爆炸，猶如綻放的繡球花。太美了，大家不約而同抬頭觀賞，讚嘆連連。

美雅本來只是生氣，這會兒還很傷心，她有遭人遺棄的孤獨感。

她什麼都不說，悄悄的離開大家，找尋香味的來源。

爸爸媽媽被高空煙火吸引，沒有發現美雅不見了，等到煙火放完了，才著急的四處尋找。

不過他們並沒有花很多時間就找到了。

草地旁的大樹後面，美雅蹲在一片矮桂樹籬笆下面，雙手托住腮幫子，難過的掉著眼淚。

## 5

林彥佑在同學的簇擁下找到了美雅。他說：「美雅，趕快，我們老師找妳去，幫我們讀一封信，快。」

美雅不知道發生了什麼事，心裡很緊張，她在同學們的帶領下，走進四年七班的教室。

鄭老師摸摸美雅的頭，慈祥的說：「美雅，妳好。能不能請妳幫幫老師的忙，老師收到一封點字信，可是老師看不懂。同學們說妳會讀點字信，看來全校只有妳能幫老師的忙了，妳願意嗎？」

聽到是要讀一封點字信，鄭老師又客氣的請她幫忙，美雅的心才安定下來。

美雅點點頭，接過信件，開始觸摸。同學們紛紛回到自己的座位，屏氣凝神的等待著。

「親愛的認養人……」

美雅開始讀信，教室裡安靜的連一根羽毛掉在地上都聽得見似的。同學

們個個張大眼睛，像親眼目睹一場奇蹟發生——空白的信紙上，竟然能讀出文

字。

時間過得真快，一年又快要過去了，謝謝您長久以來的支持，讓我能

在惠明快樂的讀書。

告訴您喔！我們十月四日有去劍湖山喔！是吉好康公司招待我們去

的。而且是在這家公司工作的叔叔阿姨親自帶我們去的。從學校到劍湖山

要一個半小時呢！我們坐山坡列車先到兒童王國坐皇家馬車、咕咕飛車，

再到摩天廣場區玩天女散花、摩天輪，也坐了大海神，真是刺激又好玩！

第一段考我自然考一百分，老師給我玩戳戳樂，我戳到三個玩具呢！

社會我考九十五，比上次進步呢！

希望能再收到您寄來的信，謝謝您！

祝您健康快樂

認養童廖玉珍敬上

九十二年十月十二日

美雅一個字一個字，清清楚楚的讀完信。班上寧靜依舊，同學們還沈醉在驚奇之中，但是過了三秒鐘，馬上響起熱烈的掌聲。

鄭老師拍拍美雅的肩膀，高興的說：「美雅，妳太了不起了，謝謝妳，謝謝妳。」

美雅也很歡喜，她從來沒想過自己也能幫助別人。而幫助別人的感覺真好。

鄭老師對全班說：「這位廖玉珍是一位可愛的小妹妹，她和美雅一樣也是一位盲生，但是她家境不好，寄讀在惠明盲校。三年前，他們學校的樂團來我們學校演出音樂會，那時候老師教的班級是五年一班。我看到惠明學校的學生演奏樂器，技巧是那麼純熟，神情是那麼專注，心裡非常感動，於是發起全班認養盲生的活動。每個人將自己的零用錢捐出來，加上老師的捐款，每個月一次，寄到惠明盲校，持續一年多，一直到他們升上六年一班畢業爲止。」

同學們想不到有這一層故事，聚精會神的聽著。

「我們曾寫信給廖玉珍小妹妹，也錄了一卷祝福語的錄音帶寄給她，希望能收到她的回信。不過可能是她那時年紀太小，不會寫信，都是由她的老師幫她回信的。想不到三年過去了，她已經學會點字，寫來了第一封信，可是那一班的同學卻早已畢業離校了。」鄭老師的話中帶著一點遺憾。

美雅抬起頭問：「廖玉珍小妹妹今年幾歲呢？」

鄭老師回答：「三年前她讀幼稚園大班，現在可能是三級的學生了。」

鄭老師將信封反轉，秀給同學們看，說：「哈！這上頭的收件人寫六年一班先生小姐，底下有一行小字〈A 0028105〉廖玉珍，其實這一行小字寫錯位置了，應該放在寄件人的位置才對，〈A 0028105〉是廖玉珍的編號，害得送信的工友叔叔和總務主任找遍全校名單，找得灰頭土臉的，就是找不到。」

「哈！哈！哈！」全班都笑了，美雅也跟著笑。

鄭老師靈機一動，說：「啊！美雅，我剛剛想起一個點子，妳可以先回去和林老師和媽媽商量，不過也要你自己先願意才行……」

鄭老師不知想出什麼怪點子，美雅楞楞的聽著。

## 6

隔天的第二節下課，美雅又來到矮樹叢邊，卻發現空氣中嗅不到半縷桂花香。

難道花兒全凋謝了嗎？美雅伸手撫摸桂樹，一棵摸過一棵，只摸到挺秀的葉片和細細的枝條，花兒果真都不見了。

這幾棵矮桂樹是中秋節過後美雅才發現的。以前她總是跟同學在走廊玩遊戲，沒有來到操場邊，中秋節之後，有一天她去上廁所，回教室的途中，一陣風吹過來，竟然是甜甜的香，和公園裡的一模一樣，她就這樣被吸引過來。

只是沒想到，花兒的生命是這樣短暫，昨天還有輕輕淡淡的味兒，這會兒卻什麼都沒有。

美雅有些心煩，不只是爲花兒，也爲鄭老師的提議。

鄭老師說：「我覺得妳可以試試看跟這一位廖玉珍小妹妹作朋友喔！和她通信，寫一封點字信給她，我相信她應該會很高興。」

昨天鄭老師說出他的好點子時，美雅就猶豫不決，雖然媽媽和林老師非常高興，鼓勵她多交朋友，她自己也有點想，可是總缺少勇氣。

寫什麼好呢？人家會不會回信呢？鄭老師說廖玉珍是個可愛的小妹妹，而什麼樣叫做可愛呢？講話很快，「答、答、答、答……」像機關槍的人可愛

## 一封沒有寫字的信

嗎？愛開玩笑，音調飛揚的人可愛嗎？「嘰、嘰、喳、喳……」話多得像麻雀的人可愛嗎？廖小妹妹是哪一種可愛呢？

這一天放學後，回到家，寫完功課，美雅終於開口談起交朋友這件事，她對媽媽說：「媽媽，我想好了，我要跟廖小妹妹作朋友，我想寫一封信給她。」

媽媽非常高興，趕緊拿出點字的工具，幫美雅想信件的內容。其實，美雅早就想好要「點」什麼了。她握著針筆，一點一點的戳出字句：

親愛的玉珍妹妹：

妳好，我是陳平國小四年五班的學生，妳的認養人六年一班鄭老師現在教四年七班，昨天他要我幫忙讀你寄來的點字信，我讀完之後，他希望我能和你作朋友，我覺得這個主意不錯，於是就先寫信給妳。

我最喜歡玩拍拍手，同學們和我一起玩，都輸我，老師說那是因為我的聽覺很靈敏的關係。不知道妳有沒有玩過，我想妳一定也能贏我的同學，真想和妳一起玩，希望以後有這個機會。

跟妳說喔！我發現有一種花非常香，在我們學校就有那種花，我最喜歡在下課時跑去聞那種花的味道。它的味道香香的，甜甜的，讓人非常舒服。媽媽說那種花叫做桂花，不知道妳有沒有聞過？

說了那麼多，還不知道妳願不願意和我作朋友呢？如果妳願意，請回信給我，好嗎？

祝妳學業進步

美雅敬上

九十二年十月二十六日

書包裡有鄭老師給的惠明盲校的地址，媽媽幫美雅寫好信封，將美雅的點字信裝進信封裡，封好封口，投到對街的郵筒裡面。

夜裡，美雅躺在床上，又擔心又期待，興奮和緊張使她難以入眠。

## 7

一個禮拜過去了，美雅從原本的期待、擔憂，漸漸轉爲失望、難過，因爲她沒有收到回信。

然而就在她幾乎放棄的時候，媽媽帶來好消息。

那一天，她在學校上課，媽媽突然跑到學校來，歡歡喜喜的交給她一封信，說：「美雅，太好了，玉珍妹妹回信給你了。」

美雅簡直不敢相信自己的耳朵，以爲是在作夢，拿著那封信摸了又摸。當她摸到開頭的幾個字是「親愛的美雅姊姊」時，她歡喜得又叫又跳。

媽媽帶美雅到四年七班感謝鄭老師，鄭老師非常高興，他說：「我才要謝

謝美雅幫我讀信呢！前幾天我們班通過表決，要一起當廖玉珍的認養人，以後再收到玉珍的點字信，還得請美雅繼續幫忙，好嗎？」

美雅笑瞇瞇的點點頭。

上課時，美雅偷偷拿起玉珍寄來的信，一遍又一遍的摸著，一遍比一遍有意思，怎麼也摸不膩。

林老師知道美雅是在讀信，雖然美雅上課分心，不過老師沒有制止她，因爲已經很久很久沒有看到她那麼開心了。

同學們對那一封點字信非常好奇，可是沒人能懂，問美雅裡面的內容，美雅一點都不肯透露。她笑著說：「想知道嗎？你自己讀啊！」

一時之間，美雅成了擁有特異功能的女超人呢！

這一節下課，美雅又跑到矮樹叢下。她蹲下來，拿出口袋裡的信，又觸摸一遍，她一邊摸，一邊輕聲的讀起來：

親愛的美雅姊姊：

收到妳的信，我好驚喜，那是我第一次收到的點字信。謝謝妳寄信給我，我也很想跟妳作朋友，妳說的拍拍手遊戲，我沒有玩過，不過聽妳說的樣子好像很好玩，真希望能和妳一起玩。

我也沒有聞過桂花的香味，我的老師說我們學校裡面沒有桂花樹，不過我們學校裡有很多玫瑰花，玫瑰花也很香。雖然玫瑰花很香，我卻不敢碰它，因為它的莖上面有刺，我曾經被它的刺刺過，好痛喔！所以，我只敢遠遠的聞花香，對我來說那已經很好了，因為遠遠的聞，玫瑰花還是很香。

我現在開始學吹笛子，老師說我很有天分，我會認真學習，希望有一天能吹給妳聽。妳有沒有發現，最近的氣溫比較涼了，妳要注意多穿衣服，不要感冒了喔！

祝妳健康快樂

廖玉珍敬上

# 一封沒有寫字的信

九十二年十一月一日

美雅好高興，玉珍妹妹懂得跟她分享氣味、聲音、冷熱、觸覺和心情，鄭老師說的沒錯，她是個可愛的小妹妹。

美雅想像著玉珍妹妹的模樣：那是一雙小小的溫暖的手？那是一股淡淡汗臭混著濃濃玫瑰花香的氣味？那是一聲甜美的撒嬌：「美雅姊姊」？

這時，美雅忽然嗅到一陣甜膩的桂花香，濃濃密密的，彷彿一陣白煙將她全身籠罩，她跌入一片花海中。

早在幾天前，桂花不是全都凋謝了嗎？

美雅沒有伸手去摸桂花樹，她帶著滿意的笑容收起玉珍的信，放入口袋裡，然後往走廊走去。

「一、二、三、四、五、六、七、八，右轉，一、二、三、四、五、六……」她數著步子往前走。

同學的聲音慢慢清晰，慢慢響亮。美雅拉開嗓門，大聲叫喚：「小倩！婷宜！妳們在哪裡？我要跟妳們玩拍拍手，好嗎？」

是啊！拍拍手，美雅最喜歡玩的遊戲，好久沒玩了呢！

——選自小兵出版《太陽餅》

# 2.

# 相見歡

跨進會場，我驚訝得呆了，好大的一座禮堂。

天花板高得像是天上的雲，舞台寬廣如小操場，光滑厚重的大紅布幔由天垂落，舞台底下直行橫列的排滿上千張紅綢鋪面的沙發座椅。雖然我戴著口罩，卻仍嗅到一股華貴莊嚴的氣息，一種期待高格調演出的歡愉心情像朵玫瑰似的從我心底綻放。

一陣強光刺進眼睛，我不禁低下頭，乾咳了幾聲，順手拉拉防菌口罩往鼻頭上蓋，然後抓兩下那幾撮稀疏、細軟、剛長出不久的頭髮，遮在前額上。我那期待的心情，得盡量不要讓人看出來才好。

「哈啾！」大概冷氣太強，姊姊打了個大噴嚏。

媽媽不理會她，反而急急摟住我，摸我手掌，拉整我臉上的口罩，焦慮的說：「冷不冷？冷不冷？讓爸爸去車上拿一件外套套上？」

「不用了，我才不像有些人那麼遜呢！」我輕瞥姊姊一眼，心中點燃一星優勝的火花。

姊姊嗲聲嗲氣的拉爸爸的手，說：「爸！你看媽媽好偏心，打噴嚏的人可是我耶！」

媽媽回她：「都什麼時候了，還跟阿志計較這個。」

我趁機損姊姊兩句：「噴嚏不要亂噴，萬一你的口水有毒，我就被你害慘了。」

姊姊不服氣：「亂講！你才有毒咧！」

「妳的口水有毒！」我說。

「你才有毒！」姊姊嘟小嘴。

我和姊姊因此輕微的拉扯推打。

雖然看得出不是真吵架，爸爸仍然吐出不耐的口氣：「阿真哪！妳是姊姊，妳要讓弟弟呀！他才剛好一些。」

姊姊委屈的說：「哪有啊？人家也只是跟他玩玩嘛！」

找到座位時，爸媽硬是把我擠在中間，分別握住我的左右手掌，又是拍又是摸的，像是疼惜著一件稀世珍寶。

媽媽在我的左耳邊說：「阿志啊，待會兒，記得跟人家說聲謝謝喔。」

爸爸點頭微笑，嘆口氣說：「那麼大的恩情，光一句謝謝，實在是不夠啊！」

姊姊越過爸爸，湊過嘴來補充一句：「對呀！人家是你的救命恩人耶！電視上演的，報答救命恩人可都是要以身相許的，看你等一下怎麼辦。」

「無聊！要妳雞婆。」我回她一個白眼。

舞台上掛著三個大大的紅字「相見歡」。我轉頭看看四周，現場大約六百多人，果然，每個人的臉上都洋溢著歡笑。

這些人裡頭有的和我一樣是血癌患者，有的則是捐骨髓救活我們的「恩人」，誰會是一年多前捐贈骨髓給我的林叔叔呢？看來看去，中年男人那麼多，我也猜不出是哪一個，心裡只想，他做了一件善事，現在必定是又得意又驕傲。

唉！有什麼好高興的呢？有誰問過我，願不願意被救活下來呢？骨髓移植前做了化學治療，滿頭黑髮掉光光，看起來像個可憐的小沙彌。現在更慘，抗排斥的藥使我臉上長滿細細短短的小鬍子，活似隻老獮猴，誰會相信我是一個六年級的小學生？

不只這樣，爲了避免細菌感染，我的玩具全被鎖起來不准玩，電腦不能碰，書也不能給別人摸過，連我最要好的同學林宏章也不能來探望我，我只能用電話跟他聊天，聽他說學校發生的趣事。那種感覺很奇怪，雖然沒有人綁著我，我卻感到頭、身體、手腳有著緊緊的束縛感，就如同被人關在一口暗無天日的棺材裡。

一開始，林宏章送來同學們寫的慰問卡，我好高興，卻只能隔著窗玻璃和他揮手。媽媽用酒精消毒過那些卡片之後，我迫不及待的一一翻開來讀。同學們寫的內容都差不多，不外是「祝你早日康復。」「好想念你喔！趕快回來上課吧！」這些短句子，可是我一讀再讀，眼淚就不聽使喚的往下流。讓我更傷心的是，幾次之後，大概同學們覺得無聊，卡片漸漸少了，最後連林宏章也不太理我了。我彷彿活在外太空，孤孤單單的數著宇宙裡的星星，感覺每顆星都離我好遙遠，好遙遠……。

還有，我每天都要吃抗排斥藥，不能出去玩，不能亂摸東西，不能吃漢堡、炸雞、可樂……，不能這樣，不能那樣，我都快煩死了。我好想問醫生，好想問爸媽，我可不可以「不能活下去」？

其實，我早就不想活了。三年前那一次感冒發高燒之後，我就再也沒好日子過。剛住院時，每星期要抽血兩三次，每半年要抽骨髓化驗，我的身體變成了棉球針線包，隨便人家往我身上插針。

抽骨髓時，雖然已經打了麻醉藥，可是當針頭鑽進我的脊椎骨時，我還是痛得咬牙切齒，滿身大汗，全身顫抖、扭動，必須四個大人壓住我，才能順利完成。後來又做化學治療，頭髮一夜之間掉光了，身體非常不舒服。那種不舒服很難用言語形容，比我小時候任何一次生病都來得痛苦百倍，胸口和肚子裡好像有熊熊烈火在燃燒，可是手腳卻像是埋在零下五十度的冰庫裡，冷得僵硬、打顫。頭好痛，就像有個猛鬼力士揮著狼牙棒往我頭上搥打，隨時都可能爆裂。我一直吐，想像痛苦能隨著胃酸和膽汁一同嘔出來，然而腸胃像是打了結，一抽一抽的痛，加深了絕望。

爲什麼？爲什麼我要忍受這些痛苦？爲什麼我這麼倒楣？我真想一頭撞上牆，死了算了，或者我拔掉身上的管線，讓自己高燒到失去知覺；只可惜，那時我連從床上爬起來的力氣都沒有。

台上忽然響起輕柔的音樂聲，大紅布幔緩緩升起，台下人交談的聲音才漸漸的靜下來。

爸爸在我耳邊嘆了一口氣，說：「唉！真感謝慈濟骨髓中心，給我們找到了這位林先生。如果沒有他的骨髓，你這一條小命早就被自己的白血球吃掉了，哪還能快活到現在？看你等一下不好好的謝謝人家。」

爸爸的口氣聽起來有一點酸，彷彿得了這個病全是我的錯似的。今天來這邊謝謝人家，聽他說來，倒成了是來向人認錯的。

上個月，慈濟的志工阿姨來到我家，要我去參加「相見歡」活動，和林叔叔見面，我說什麼都不肯，心裡面只想著：「爲什麼要謝他？我又沒有叫他救我。」甚至我還埋怨他。如果不是他，我就會在一陣天旋地轉之後，進入黑暗的天地，然後靜靜的跟隨死神的腳步到達寧靜的死亡國度，不用一而再，再而三的忍受種種的苦痛。

其實我並不是真的不怕死，而是那種快要死掉，卻又死不掉，沒有死，卻又好不了的折磨，不是我所能輕易克服的。與其這樣，不如放棄吧！那時在醫院裡，我是這樣想的。

在志工阿姨面前，我一點面子也不留的，一口就回絕了。

爸爸一開始沒說什麼，但是他跳起來，握著拳頭，繞著沙發狠狠的踱了兩圈。

媽媽看情況不對，坐到我身邊，撫摸我的額頭，輕柔的說：「去嘛！阿志最乖了。聽話，去嘛！去謝謝人家。」

我雙手抱胸，嘴角翹得高高的，眼睛盯著地板，一勁兒的搖頭。

媽媽哄了我半天不見效，爸爸終於耐不住性子，破口大罵：「你這個孩子有沒有良心？忘恩負義的傢伙！人家好心好意救你一命，你連一聲謝謝都不肯去說。你這個沒心沒肝的人，沒血沒淚！」

爸爸把我說得那麼難聽，我當然是氣不過了，好歹我是他的兒子，而且身體還沒復原，他需要這樣刺激我嗎？於是我賭氣，連著兩餐拒絕吃藥。

爸爸氣壞了，皺著一張臉，握著拳頭在我面前抖了一分鐘，隨時可能朝我揮來。可是他最後卻全身一癱，別過頭去，像是一顆洩了氣的皮球軟在我的床邊，說：「唉！隨便你啦，不去就不去。只要你乖乖吃藥，隨便你……隨便你……」

這一招果然是核子武器，所向無敵。

那時候我心裡洋溢勝利的狂歡，誰叫爸爸從小就拿我和姊姊比，說：

「拜託！阿真每次都考第一名，你爲什麼連前十名都考不進呢？」

「可不可以學學姊姊，又文靜又會唸書，不要那麼皮好不好？」

「噢！你考這種分數，你好意思說你是我李義添的兒子嗎？我和你媽媽都是大學畢業的，怎麼會生出這樣的孩子？」

「我都沒臉出門了，沒臉出門了。唉！還好有你姊姊，不然人家還以為我們的『種』不好呢！」

是呀！是你們的『種』不好，才害我得這種怪病。還說呢！

我並非真的那麼無情，打贏了那一場仗之後，我還是答應來參加了；我只想讓爸爸知道，別總是小看我，我還是有他不知道的，厲害的地方。而且，畢竟我也好奇，是誰那麼好心，願意捐骨髓給我，抽骨髓可不是一件好玩的事，那是很痠很痛的。

只不過我假裝感冒，咳得很大聲。我掏心掏肺的咳，咳得臉紅脖子粗，看爸爸憂心的神情，我心想：「不是說我沒心沒肝嗎？好，我就聽你的，把心肝都咳出來。這下你可高興了吧！」

我還故意說：「會場上一定有很多人，而且又是在室內，你們就不怕我感染嗎？」

看他們又為難又愧疚的表情，我心裡真是得意極了。

至於姊姊，我也沒饒過她。

不知誰送她的一串玻璃風鈴，掛在她的書房窗口，叮叮噹噹的。我偷偷取下來玩，沒三兩下就被我摔成一堆無聲的透明碎片。她聽到碎裂聲，衝過來察看。也不知道有多心疼，她瞪著血紅的大眼睛，流眼淚，舉起手就要打過來。

我急忙身子一縮，朝空中大叫：「媽！姊打人啦！」

媽媽從廚房飛奔出來，看清情勢，忙抓住她的手，罵說：「妳要死啦！弟弟在生病，妳會打死他的！」

姊姊氣不過，隔著桌子對我大吼大叫：「李明志，你這個豬頭，王八蛋，你不要臉，你給我記住，哪一天，我一定會討回公道。憑我李明真的聰明才智，我一定會讓你死得很慘的，我發誓！」

媽媽動了氣，推姊姊進房，關上房門。她的聲音在門後響起：「阿真，妳閉嘴，不許妳刺激他，妳閉嘴！阿志才剛好一點點……」

姊姊嘴裡吐出的髒話不管多麼惡毒，我每聽一句，心裡就像舔了一口蜜似的舒服。誰叫她那麼聰明，那麼用功，那麼聽話，要不是她那麼優秀，爸爸也不會那麼看不起我。

不只這樣，學校老師也用奇異的眼光看我，還半信半疑的問：「你真的是李明真的弟弟嗎？我教過她的。她資賦優異，功課好，會畫畫，鋼琴也彈得很棒。咦！你真的是她的弟弟嗎？怎麼大的和小的差那麼多？唉！都怪你爸媽沒把你給生好。」

每次姊姊參加比賽，上司令台領獎的時候，就會有同學湊過來對我說：「哇！李明志，你姊姊真厲害！」然後用期待的眼神望著我，等我表現出光榮驕傲。他們最後都失望了，我不但不感到榮耀，相反的我感到羞恥。我為自己比不上姊姊而感到羞恥。

我曾經希望世界上沒有姊姊，這樣的話，我就不會那麼難堪。可是少了姊姊，沒有人爲爸媽爭光，爸媽的臉上必然失去光彩。那麼，少我一人好了。少了我，爸媽會更有面子的。

現場的音樂突然停止，燈光轉強，穿著深藍色亮片禮服的主持人走到台中央，聚光燈將她身上照耀得金碧輝煌。

她面帶優雅的微笑，握著麥克風說：「各位親愛的來賓，歡迎您來參加本次『骨髓相見歡』的活動。一年多前，有十七位骨髓性白血病，也就是俗稱血癌的患者，急需要移植健康的骨髓。慈濟骨髓捐贈中心在二十萬筆的資料當中，日以繼夜的尋尋覓覓，終於找到十七位『白血球抗原』相吻合的捐髓人……」

我偷瞄媽媽一眼，發現她很專心的聽著，微笑的臉上，眼角閃動淚光。

「……因此有十七個家庭重獲新生。不少家屬感激捐髓人，想當面向捐髓人道謝，可是礙於法條規定，雙方必須在移植滿一年之後才能見面。今天，四百多個日子過去了，終於能一圓這一份得之不易的『髓緣』。愛，不分你我，不分遠近，不分種族，俗話說：『愛你入骨』，用在捐髓的活動真是一點也沒錯，藉著捐贈骨髓，大愛的種子傳播到病患的骨頭裡了，也埋進病患的血液裡，生命裡了。懷著感恩的心，今天，受髓者群聚在一起，要衷心的說出他們的感謝與祝福。」主持人感性的說。「就讓我們請他們一一上場……」

現場接著響起跳躍緊湊的樂聲，身邊的人個個伸長脖子，張大眼睛期待著。

主持人鄭重的宣布：「現在，讓我們歡迎第一位受髓者，也就是年紀最小的，李明志小朋友，和他的家人。」

「快！快！快！」媽媽閃電似的站起來催全家上台，我感覺到握在我手掌上的力道加強了，他們三人相互對看了一眼，點了點頭，深吸一口氣，顯然是既興奮又緊張。

我突然感覺手心冰冷，心跳加快，我也好緊張。三步併作兩步的被推上台，我才發現台上台下是那麼不同的兩個世界。台下是一片漆黑，而台上的我，前後左右全被白光包圍，一舉一動全攤在燈光下，沒有絲毫的暗處可以讓我躲藏，我笑也不是，不笑也不是，兩隻手不知要擺哪裡好，真怕自己的心思讓人給看穿了。

爸媽不約而同的握握手掌、摸摸褲子，好像不知該怎麼站才好。強光照耀下，我看到爸爸的額頭上冒出許多亮晶晶的汗珠。

「接下來，歡迎捐髓者，林永輝先生。」主持人又宣布。

隨著掌聲響起，台下一片黑之中突然冒出人影，一位短髮精壯的中年男子慢慢往台上接近。他穿短袖襯衫，西裝長褲，帶著靦腆的笑臉，不時低頭彎腰向台下鞠躬，他揮動僵硬的手臂，顯然也是不太自在的樣子。是他，原來他就是慈濟志工阿姨口中的林叔叔。

林叔叔張大嘴笑，兩眼瞇成一條線，眼角都是魚尾紋，一站到我身邊，兩臂一張就把我抱個滿懷，爽朗的說：「李小弟啊！我想念你已經很久了，真是謝謝你，謝謝你呀！」

我聽了這句話，感覺怪怪的，還沒反應過來，就看見爸爸「噗！」的一聲跪在地上，媽媽和姊姊也跟著跪下。我的心「砰！」猛撞了一下，一時之間，我不知該如何才好。

爸爸紅著眼睛，哽咽的說：「林先生，真是十二萬分的感謝你……我家阿志如果沒有你，早就活不成了……」

媽媽流著淚，邊磕頭邊說：「我們夫妻就這麼兩個孩子，少了一個，我們也不知道該如何活下去。你是我們家的救命恩人，大菩薩，真是謝謝你，謝謝你……」

姊姊沒有說話，她懷抱媽媽的手臂，無聲的啜泣。

林叔叔連忙放開我，跪下去扶他們，說：「不敢當，不敢當，千萬不要這麼說，不要這麼說，這是我應該做的。我才要謝謝你們給我這麼一個行善的機會，證明我還是一個有用的人哪！」

我呆呆的站在原地，眼前變得一片模糊，伸手摸摸，才發現口罩已經被淚水染濕了。

我從沒想過爸媽會爲了我，在這麼多人面前向別人下跪。我不是他們眼中不用功、不聽話、愛調皮搗蛋的壞學生嗎？我不是他們心目中感到恥辱，沒有出息的壞小孩嗎？我值得他們這麼做嗎？我有那麼重要嗎？我以爲來感謝林叔叔的人是我，怎麼會是爸爸和媽媽呢？

我的腦子裡充滿問號，眼前的強光和黑暗交織成一張巨網，將我困在其中。我理不出頭緒，也鑽不出羅網，最後只能任它們在腦中旋轉，直到漸漸變淡、消失，一片空白。

我並沒有暈眩，也沒有昏倒，可是我真的不知道，我是怎麼走下舞台的。等到我看清身邊的情景時，我已經是在後台了。我的面前是一面鏡子，我看見一個戴著口罩的小孩子站在鏡子裡，口罩遮住了大半個臉，只剩稀疏淡薄的頭

髮飄盪在一顆大頭上。那個怪樣的孩子是誰？我趕緊移開視線，沒有勇氣看下去。

「阿志！趕快過來和林叔叔照相啊！」是媽媽催我，我回神，走過去。

我正眼都不敢瞧他們一下，他們，爸爸、媽媽和姊姊。我不應該。我真不應該故意氣他們，嚇他們，害他們擔心。

記得剛發病時，我們去醫院看報告。

我坐在候診室遠遠的望見爸爸從診療室出來。爸爸兩眼一直掉淚，雖然他不斷用手抹去淚珠，可是一顆顆淚珠就像關不緊的水龍頭，從他紅腫的雙眼一直往外流。媽媽和姊姊慌張的跑過去詢問，緊接著，他們三人就抱在一起痛哭。那時爸爸勉強忍住淚，反過來安慰他們。我雖然發燒，頭昏腦脹的，但是直覺到大事不妙，也忍不住啜泣起來。

他們一發現我哭了，急忙擦乾淚水跑過來，勉強笑著安慰我：「沒什麼大病啦！沒事的，不用哭。」

我又急又慌，氣沖沖的大叫：「騙人！騙人！你們都是大騙子，我一定是快要死了！」

聽我這麼一鬧，他們哭也不是，安慰也不是，呆呆的杵在原地，無聲的掩面流淚。

住院期間，我的性情變化好大，不但不想和人講話，還會故意亂發脾氣，給爸媽臉色看，尤其姊姊來的時候，我根本一個氣也不吭一聲，把臉埋進被單裡面，不想見人。

媽媽有時候急得哭了，我的心裡也跟著酸酸痛痛的，可是我不曉得怎麼安慰她才好，只好冷冷的對她說：「這世界少了我又不會怎麼樣，姊姊那麼厲害，有她就夠了。」甚至瞪著他們大叫：「我又還沒死，爲什麼哭？」我想，如果我和他們劃清界限，斷絕關係，他們就不必爲我傷心，我也就不必一直怪自己，得了這種怪病。

對於我的胡鬧，爸媽總是寬容的。爸爸總是說：「你不要想那麼多，胡思亂想只會加重病情，乖乖聽醫生的話，好好的吃藥。不要想那麼多。」媽媽也常說：「不許你提到那個字，現在醫學那麼發達，一定能把你治好的。很多人得了這種病，到最後都醫好了，你要對自己有信心。好嗎？阿志，加油！」

唉！我沒有體諒他們的憂愁和煩惱，還故意氣他們，不知多麼傷他們的心哪！

強力的鎂光燈一閃，驚醒了我，我這才發現林叔叔勾在我背上的手臂沈重厚實，力氣是那麼的強。他向攝影師鞠躬答謝，又一一跟爸媽握手，他們嘴裡交換的仍是說不完的感謝。

「李小弟呀！好好加油喔！」照完相，他拍拍我的肩膀，爽朗的說。

我尷尬的笑著，不知如何回答，忽然想起台上那一幕，便鼓起勇氣問他：「林叔叔，你救了我，應該是我謝謝你才對，可是剛剛在台上，你卻一直謝我，爲什麼這樣？我沒有聽錯吧？」

他張大眼珠子，點點頭說：「沒錯！你沒聽錯，我是要好好謝謝你。走，跟我來……」

他回頭對爸媽說：「我和李小弟有一些話說，先告辭一下。」

然後，他摟著我，將我帶到男生廁所。

大概看出我心中的疑惑，他說：「嘿！來這邊看，才不會不禮貌。你要有心理準備，不要嚇到了喔！」

他低頭打開胸前的鈕釦，雙手一拉，秀出胸口一條長長的傷疤。雖然他事先警告了，我仍然結結實實的吃了一驚。

「你看！這是我十年前做開心手術留下來的。」他縮起下巴，揚起眉毛，看看自己的胸膛，又看看我。

那一道疤痕好長，從喉嚨下面一直延伸到肚子上面，左右兩邊還有十幾條橫向縫合的痕跡。不仔細看，還會錯以爲是一條深色的大拉鍊呢！

「說難聽一點，簡直是一條大蜈蚣趴在身上，對不對？哈！哈！」他解釋說：「十幾年前，我仗著年輕氣盛，也不知道自己心臟有先天的缺陷，每天大魚大肉、抽菸、喝酒、熬夜玩樂，不到三十歲就把心臟搞壞了。眼看著大好的青春即將溜走，真是又悔又恨。還好，我動了開心手術，很幸運的撿回一條命。醫生說，當時手術很艱難，輸了一萬多西西的血液。」

我仔細聽著，覺得很有趣，因爲他的遭遇和我有點像。

他又說：「手術成功之後，我深深檢討自己，決心改變以前的壞習慣，開始注意飲食，持續運動，心想：『我絕對不能對不起這許多捐血的善心人。』而且，我內心一直很不安，覺得虧欠這個社會什麼東西，因此，我去當了義工，還簽下骨髓捐贈同意卡。你知道嗎？捐骨髓的時候，醫生發現我動過心臟手術，怕我身體受不了，不讓我捐哪！我就拿出十幾張檢驗報告，證明我真的很健康，哈！哈！哈！」

林叔叔握住我的手說：「所以說，我要謝謝你，全世界只有你和我配對成功，是你讓我有機會回報這個社會的呀！」

林叔叔說完的時候，我眨著眼睛，點著頭，感動得說不出話來了。他是這麼珍惜生命，愛護生命，而我卻常常把「死」掛在嘴邊，他這十年來老想著回報社會，而我呢？今後，我是不是還要繼續賭氣，氣爸爸，氣媽媽，氣姊姊，氣自己呢？我是不是也虧欠別人很多？也欠自己很多？

回到爸媽身邊時，林叔叔帶著笑容和我們道別，爸媽含淚送他到門口。姊姊好奇的問我：「你們剛剛進廁所幹嘛？他跟你說了什麼？」

「秘密。不告訴妳。」

我故意不說，吊她胃口。事實上，我也說不出口，那麼大的一個震撼，那麼複雜的心情。

依依不捨的告別了林叔叔，我們離開「相見歡」的會場。

禮堂外，燦爛的陽光灑在頭頂上，耳邊傳來清脆悅耳的鳥鳴聲，蒼翠的樹木、繽紛的花朵夾道歡送我們，空氣看起來是那麼乾淨清新。我忍不住拔下防菌口罩，頓時滿臉清涼舒爽。

媽媽看見了，緊張得大叫：「唉——唉——怎麼可以拿掉？你還在生病……」

「沒有！我沒有病了！」我扮了個鬼臉，回身轉個大圓圈，說：「感冒，是騙你們的啦！」

「什麼！」

爸爸張大眼睛，握起拳頭。媽媽皺著眉心，無奈的搖頭。姊姊吐出一口氣，癟癟嘴，聳聳肩，兩手一攤。

看著家人又驚又氣的表情，我跳得遠遠的，好掩飾我的抱歉。

回過頭來，我望向藍天，深深吸了一口新鮮的空氣，心想，能這樣自由自在的呼吸，真好！

——本文獲柔蘭兒童文學獎優選，選自小兵出版《我是大姐頭》

# 3

# 流浪漢的自尊心

「上火車前，先去吃頓宵夜。」是陳福良提的議，豬頭皮和毛豆自然是一陣歡呼附和。從一下了課，他們制服也不脫的，就泡進了MTV，接著又砸了兩個小時的保齡球，肚皮裡面就咕嚕嚕的亂叫起來。

步出明亮的大廳門口，豬頭皮就叫道：「呼！林鴻仁這小子真好笑，才不過要他拿個幾百塊錢來花花，竟然一張臉慘兮兮，千元大鈔一張張抖出來，早知道就揍他一拳，搞不好吐得更多。嘿！兩千塊錢耶！這回挖到金礦了，哈！這一群新生，菜死了。」

毛豆伸手搭上陳福良的肩膀，斜眼睛瞟他說：「不良仔！你們村子出了這麼一個膽小鬼，真是丟臉哪！」

陳福良被點名嘲笑，連忙撇清關係：「呸！呸！呸！別把他和我扯在一起，他是他，我是我。他怕死也好，反正他老爸是土財主，有的是錢，救濟我們這些窮人，天經地義。」

陳福良狠狠甩開肩頭上的手臂，皺著眉叫：「你煩不煩啦！走不走哇？太晚就沒火車坐囉！」

陳福良這樣大聲嚷嚷，因爲他不願意讓人以爲他護著同鄉而忘了哥兒們，怪只怪林鴻仁倒楣，被豬頭皮盯上。

說是同鄉，其實也誇張，他和媽媽剛搬到村子不久，只記得在菜攤邊看過林鴻仁幾次。

夏夜的十點整，雖然不是假日，市中心的鬧區仍然人潮洶湧。五顏六色的霓虹燈加溫了污濁的熱空氣，人人臉上都泌出汗油，汽機車的引擎和喇叭聲又像是砲彈，炸得人心煩氣躁的，透不過氣。

在便利商店，三人各自買了一瓶飲料。

灌下半杯思樂冰的陳福良，咧開嘴吐出一口涼氣：「嗨——這錢真好用，從沒花錢，花得這麼爽過。」

「還不都是我的功勞，要不是我發現，趕快把人架到垃圾場去，差一點被丙班的衰仔看到，早就報到訓導主任那裡去了。你以爲廁所就安全啦！之前還一直說『安啦！安啦！』，安你個頭喔！」毛豆對豬頭皮說著，兩隻長手又學那八爪章魚，伸過來朝他亂勾，豬頭皮連忙閃躲，那顆圓滾滾的肚子因此上下左右的震動了一番。

在MTV播放的限制級影片，該恥笑與奸笑的細節，早在保齡球廝殺時討論過了，毛豆似乎意猶未盡，學著男主角的動作乾過癮。

「喂！你這賤手，毛手毛腳，小心我把你廢了。」陳福良跨步向前躲開，回過頭瞪了一眼，一隻手往毛豆胯下抓去。

毛豆及時雙手一擋，還擠眉弄眼的叫著：「喔！不，不，不要停。」

「我靠！」陳福良轉往他胸前捶了一下，三人同時爆出狂笑……。

來到一家速食店門口，一股清冽的冷氣伴著搖滾樂流洩出來，陳福良深吸一口氣，感覺舒暢極了。

豬頭皮說：「聽說最近來了一個辣妹，進去看看。」

毛豆說：「真的嘛？耶？漢堡西施。」

陳福良看見牆上貼著一張紅色的徵人廣告單，大聲說：「喂！在徵工讀生哦！毛豆來吧！」

「我還徵『母』讀生咧！哈！」毛豆不屑的回他。

「呵！呵！哈！」他們像是三隻軟體動物，笑得前翻後仰，東倒西歪。

豬頭皮認定一位長髮馬尾，清秀臉蛋的櫃檯小姐，勾住兩人的肩膀，使著眼色，輕聲的說：「喂！喂！應該是那一個了。」

於是，三個人擠到人家面前，你看我，我看你，曖昧的笑著。

「歡迎光臨！請問點幾號餐？」小姐禮數周到，鞠躬迎賓。

毛豆先開口：「我要兩份炸雞……雞……」

「噗！」話還沒停，三個男生又要忍不忍的，癟著嘴，笑得脹紅了臉。

小姐假裝沒聽見，毛豆又喘著氣說：「呼……我……我要的是大雞雞，不要小雞雞喔。」

陳福良受不住了，眼淚從眼角滿出來，抓起書包朝毛豆頭上掃去。

旁邊的客人側臉過來，小姐卻收起笑容，倉皇的回頭朝後看。

一個年紀大一些，微胖，短髮齊耳，胸前一塊名牌寫著「店長」的女生，出現在櫃檯後面，表情嚴肅的呼出一口氣說：「請問還要點什麼東西？親愛的莊敬國中的同學們。」

一聽到自己學校的名字，想到身上還穿著制服，三個人馬上收斂了一些。

毛豆轉身低聲問說：「喂！還要什麼啦？趕快。」

簡短的計算後，他比畫著手指，老老實實的說：「嗯，三個雞腿堡，三杯大可，四份炸雞，兩份薯條。」

臨上二樓時，陳福良聽到客人在背後交頭接耳，還朝他們斜眼望過來。

他們爬上樓梯，選了吸煙區坐下，先吸一口可樂，就翹起二郎腿，大搖大擺的抽起香菸。

「媽的！那個店長婆，敢在那邊耍大牌，真是爛貨。」毛豆有被羞辱的感覺，狠狠的咒了幾句。

陳福良不理他，吐出一口煙：「嘿！說實在，你那個漢堡西施長得真不賴耶！」

「有種你去把她，怎麼樣？帶不帶種？」豬頭皮激他。

「開玩笑？我又不缺馬子。」陳福良咬了一口漢堡，看看桌上的炸雞，大叫：「死毛豆，你少算了兩份炸雞了啦！我也要吃兩塊呀。」

「啊！誰叫你剛剛不講清楚，自己去點哪！」

「錢拿來？還有多少？」

陳福良拿了五百塊錢，起身正要離開，豬頭皮偷偷笑著說：「哦！搞不好是故意的喔！故意製造獨處的機會，毛豆，別被他騙了，嘻！嘻！」

陳福良一聽，朝他啐了一口：「呸！」

他步下樓梯，正好和「漢堡西施」四目相接觸，突然一道電流從他背脊穿過，心頭猛一抽動。他趕緊低下頭，看著自己的腳尖。

不過才一會兒功夫，樓下已經排進許多客人，他避開小姐的櫃檯，排在隊伍後面。不知怎麼的，他反而膽小起來，其實漂亮的小姐總是使他尷尬，向來都是如此，只是沒人知道。

人多時，仗著嬉笑怒罵，倒是十分自在，這會兒只剩他一個人，他一句話也不敢說，怕人家認得他，回他壞臉色。他心裡頭便有些急躁慌亂，手腳因而不知如何擺放，索性叉著腰，轉身朝落地的玻璃牆望去。

他想起剛才那一些責備的眼光，覺得有人在背地裡監視著他，數落著他，以至於他的身子站不挺，脖子伸不直，渾身不自在。想不到朋友這麼重要哇！失去了兩個靠山，他竟然落單得像是洩了氣的輪胎，心一虛，四肢也變得痠軟無力。

他想放棄買炸雞，調頭上樓，可是，這不正好被豬頭皮說中了嗎？他變成真的是下來「把馬子」的，那有多麼丟臉哪！不行，無論如何，他得買炸雞上去才行。

突然，窗外擁擠的人潮中，出現了一個空曠的空間。像是海水被人劈開，也像是浮油上滴下一滴清潔液，排出一個圓形的空。孤立在圓心中的，是一個閃動的黑色模糊身影。

陳福良感到十分奇怪，那個人周圍兩公尺內完全淨空，好像罩著一層防護網，沒有人能靠近。怪的是經過的人都快速閃過，偶爾有人轉過頭，皺著眉毛，摀著口鼻。

「看！看！看！沒看過流浪漢哪？先生，輪到你了啦。」

突然，耳邊冒出一句話，陳福良嚇了一跳，轉身一看，竟然是那個有點兇的胖店長。

「我，我要兩份炸雞。」他吞了吞口水，裝作沒事的樣子。

「時間到了，他又來上班了……。」店長手裡忙著，嘴巴也嘟囔囔。

陳福良拿到炸雞，禁不住好奇心的驅使，跨出店門探個究竟。

原來，那個人正在兩個大垃圾桶裡找東西。他彎著腰，背對著陳福良，一頭膨捲而灰白的頭髮像是在泥沼裡滾了三天的棉球，正來回急速顫動，而身上披著的黑色背心，倒不如說是一條還沒洗就晾在瘦竹竿上的破抹布。

「他到底在找什麼？資源回收嗎？」陳福良向左移了兩步，才清楚看見他的動作。

他的左手拿著一個塑膠杯，右手在垃圾桶裡東翻西揀，一找到有剩的汽水或果汁，就集入左手的杯子中，到了一定量，竟然一仰而盡。然後，他又挑紙袋、紙包，一有東西，馬上塞進嘴巴咀嚼。

這個年頭，竟然還有人撿垃圾吃？陳福良被這些舉動嚇呆了，忘了一股濃濃的怪酸味正撲鼻而來，心理只是一直想著：「怎麼會有這麼慘的人呢？不是電視上才有的嗎？」

趁著流浪漢吃東西的空檔，一群不知名的蟲子飛入桶子裡面搶食，等他又伸手進去攪和，蟲子又蜂擁而起。陳福良張大眼睛，後退了一步。

看著手上的兩塊炸雞，陳福良心中無來由的升起一股同情和愧疚，彷彿他若是吃了炸雞，會對不起眼前這位陌生人似的。

「一塊給他吧……可以嗎……」他心裡嘀咕著。「管他的，反正錢是敲來的，想吃再買就有了，送他一塊，就當是幫林鴻仁做了善事。」

他跨近兩步，那股酸臭味變得更重，不像是汗酸，倒像是水溝裡經久的腥、腐、騷。他猛一憋氣，和右手同步而出的是一句：「喂！」

流浪漢一抬頭，陳福良才發現，他的頭髮雖然灰白，卻是因爲沾著怪異的白色碎屑。他的臉形黑瘦，蒙著一層油亮的黑垢，然而一雙眼睛圓睜睜的，眉毛粗黑，眼角平順，沒有皺紋。那不是一個孱弱的老人，而是四十出頭的中年人。

「喂！給你。」陳福良再靠過去。

流浪漢愣了一下，搖搖頭，轉身繼續找東西。

「喂！給你吃的啦！真的啦！」陳福良怕對方客氣，又怕他懷疑自己的動機，強調著。

流浪漢又搖頭。

「不要找垃圾吃，這一塊給你，我自己還有一塊，」

「我不要，謝了。」流浪漢轉身，正眼看著陳福良，眼神炯炯有光，不是餓昏了的那種恍惚迷離。

陳福良心頭驚顫了一下，忽然升起一股氣來，說：「哼！你愛吃垃圾，就當作垃圾吃好了，我不要了。」

說著，他把右手上的炸雞丟入垃圾桶裡，頭也不回的走回速食店。

他心想櫃檯上的人大概都看到了這一幕，包括那個「漢堡西施」和胖店長，於是帶著竊喜和剩餘的一份炸雞走進速食店。爬樓梯時，他挺直腰桿，微微抬起了下巴。

毛豆見了他，開口就沒好氣：「喂！大少爺，去那麼久，最後一班火車不是十點五十二分嗎？不快一點。」

桌上的食物已經一掃而空，只留下陳福良咬了一口的漢堡和他的可樂。

「我就說是去把妹妹了嘛！還死不承認，哦！雞雞西施。」豬頭皮又笑他。

陳福良也笑著不理他，邊哼著歌邊說：「啦——啦——啦——你們兩個死沒江湖道義的，也不留一些薯條給我吃。走吧！走吧！我帶到車上吃。」

他沒有提起剛剛的事，因爲這種施捨別人的小事不值一提，說了反顯得自己小家子氣。陳福良的心裡緩緩浮生一股濃濃的優越感……。

回到朋友身邊真好，陳福良又恢復輕鬆自在了，下樓梯時跟毛豆和豬頭皮胡扯打屁，唉聲怪叫的也不會害羞了，管他別人怎麼看。

出了店門，已經不見流浪漢的蹤影，陳福良心想大概是吃飽了回去睡覺了，心裡頗爲得意。回頭看看那兩個垃圾桶，卻發現垃圾桶外面掉了一個紙袋，是裝炸雞用的紙袋。

「嗯？」一個怪異的念頭閃入他的腦海。

他走過去，用腳尖輕觸紙袋，裡頭結結實實的，有東西。撿起來一看，正是他剛才丟進垃圾桶的炸雞，不但完好如初，還留有熱氣。

「啊！」一道滾燙的熱氣竄進他的腦袋瓜，他又羞又怒，將炸雞丟回地上，跳上去猛踩。金黃的油汁和白色的肉絲噴出袋子外面，散了一地。

「不良！你發神經啦？」毛豆吃驚大叫。

陳福良用驕傲所築起的雄偉城堡瞬間崩塌了，這口氣教他如何吞下呢？於是他持續憤恨的踩著。

「不良仔！不良仔！你到底是怎麼了？」毛豆的語氣轉為擔憂。

陳福良意識到自己惱羞成怒，怕毛豆追根究柢，只好強自鎮定，高聲說：「踩爽的啦！沒事。」

「發什麼神經啊？不快走，要睡在火車站了，快！快！」豬頭皮拉住陳福良的手臂往前走，嘴裡還嚷著：「我看以後要想辦法弄兩台機車來騎，坐這電聯車，晚一點回家都不行。」

三人狂奔到車站，匆匆跳上火車，陳福良瞪著窗外，一句話也不吭。

「喂！你說話啊！本來好好的，怎麼突然氣成這樣。」毛豆關心的問。

「是不是你請『漢堡西施』吃炸雞，她不領請，丟出去囉？」豬頭皮猜：「沒丟準，掉到垃圾桶外面。哈！哈！一定是這樣，不然幹嘛那麼氣？」

陳福良瞪了豬頭皮一眼，馬上又別過頭去。

「哎喲！我以爲什麼事大不了，像這種女人到處多的是，別管她，若是太囂張，我改天幫你教訓教訓她。」毛豆又鉤住他的肩膀。

陳福良想辯解，又覺得不該。說了，豈不要扯出真正的原因，這麼一件丟臉的事，拿熱臉去貼人家的冷屁股，這種事怎麼說得出口哇？而且是連一個撿垃圾吃的流浪漢都瞧不起他了，說了，鐵定招來一頓訕笑，那不是丟臉丟到家了。

突然，他覺得心中空空的，好孤獨。

電聯車上人不多，毛豆和豬頭皮找了位子就坐下來。

「換個方法嘛！寫情書或是送個花什麼的，女生就喜歡這一套。」豬頭皮拉拉陳福良的書包帶，說：「坐啦！我教你啦！」

陳福良硬是站著不肯坐，他心裡那一股悶氣，漲得他坐不住。他一動也不動，眼睛呆呆的望著窗外，整個人像是陷入了一個黑色塑膠袋包覆的深洞裡，一把火在洞裡燒著。

「媽的！敬酒不吃，吃罰酒！」陳福良心裡咒罵著。「老子給你東西吃，那是看得起你，也不看看自己一身破爛賤骨頭，耍什麼大牌？好心送你炸雞吃，已經很委屈我了，不給臉，還把炸雞丟掉。下次別讓我碰上，叫你吃不完兜著走。」

「來啦！我教你啦！」豬頭皮不死心，仍好意的拉他。

「豬頭皮，你不要管他了啦，不良仔自己有辦法，呵——，睡覺！」毛豆打了個大呵欠。

「我教你啦！我教你啦！」陳福良的爸爸總是這麼說。每次喝醉酒回家要錢，打了媽媽就破口大罵：「我教你啦！社會現實啦！什麼最重要？錢啦！有錢的，人家當你是大爺，小心伺候；沒錢的，人家當你是乞丐，是垃圾，四處惹人嫌。錢啦！錢拿來呀⋯⋯」

「我有錢哪！我就是大爺，怎麼樣？」想到錢，陳福良腦子裡現出林鴻仁家的賓士轎車。

第一次看見林鴻仁的時候，是在媽媽的菜攤上。一輛光鮮氣派的墨黑色賓士五百轎車停在路邊，在一大堆的腳踏車和機車陣裡，這樣的一隻龐然大物顯得非常囂張。

一位菲傭從後座下車，遞上一張寫滿菜名的單子，然後雙手抱胸的等候著。陳福良從媽媽的手中接過菜單，一一念給媽媽聽，媽媽拿起塑膠袋，熟練的抓起菜蔬，一樣一樣往裡頭裝。

他一面驚訝如此大手筆的採購，一面好奇的朝車窗裡面瞧。只見手扶著方向盤的太太，臉上抹了厚厚一層妝，打扮得妖豔時髦，身旁的男孩子西裝筆挺，領子上還打了個蝴蝶結。男孩子似乎不習慣蝴蝶結的束縛，伸手左右輕扯，而太太總是轉過頭去阻止他。

車子離去之後，媽媽向旁人打聽，陳福良聽到談話，知道那是村子裡的暴發戶林家太太，正要載兒子去學鋼琴。林家自從賣了田產給建築商蓋房子，一夕之間變得非常富有。

「哼！有錢又怎麼樣？還不是要乖乖聽本大爺的話。」陳福良心裡平衡了一點，但是又想起流浪漢，忍不住暗罵：「嫌本大爺的錢不乾淨，骯髒，再髒也沒有你身上噁心的臭髒，敲來的錢又怎麼樣？就是比你多咧！你這不要臉的乞丐，流浪漢有什麼了不起？流浪……」

毛豆真的睡著了，豬頭皮得不到任何回應，也鬆手發著呆。車廂內沒有人說話，空氣中迴盪著的只有鐵輪子碾過鐵軌的「控——控——」聲。

窗外的景色漆黑，猶如一方墨池，車子已經駛入郊區。視野裡能分辨的盡是一盞盞的燈火，一盞盞從左方迎面而來，遠的和近的，銀白和昏黃的，以不同的速度飄移相互交叉著，慢慢的消逝在右方的窗框邊。而左方的燈火又接續不斷的閃進來……。

燈火也在流浪啊……

忽然，一個震動。陳福良震歪了，伸手抓住椅背保持平衡。猛一抬頭，發現自己的臉也清晰的映在黑色的窗鏡裡。它貼在玻璃上，在一盞盞閃亮的燈火上躍動，從這一盞到那一盞，跳哇跳的，一剎時換過數十盞……。

媽媽每次被請到訓導處，劈頭就要罵：「一個學校換過一個學校，搬了家也沒用，怎麼都學不好呢？要氣死老娘啦！」

好什麼呢？

他不甘心，上一次不過是交白卷，那個變態的物理老師就罵他，瞧不起他，還牽出祖宗八代的黑道幫派來恐嚇人，他又不是被嚇大的。他認爲自己並沒有錯，不會寫，簽了名交上去有什麼不對？老師竟然當眾把他的卷子撕了，撒了一地。

不給他一點顏色瞧瞧，就被人看衰了，敲破玻璃瓶嚇嚇他已經是很客氣了，還沒操傢伙出來呢，就把我退學？都還沒戳他，就把我退學？早知道就捅

他兩下，哼！作弊又怎麼樣？也把我退學？打架又怎麼樣？也退學。你們敢摸著良心發誓，從來沒幹過見不得人的勾當？你們又得到什麼懲罰了嗎？媽啊！你真以爲我愛換嗎？要認識那麼多新同學，適應各式各樣的老師，忍受別人的歧視，很累很累耶！

豬頭皮也睡去了，還輕聲打著鼾，陳福良看看他，又抬頭看看自己。窗鏡中的人瞪著一雙大眼睛，眼珠子像兩個黑黑的深洞，要把人吸進去似的。那雙眼睛既熟悉又陌生，好像不只是他的，還有剛剛那個流浪漢的眼神也疊上來了，狠狠的瞪著他。

流浪漢又有什麼了不起？誰不流浪？從這一站到下一站，從這個學校轉到下個學校，從這個地方搬到下個地方，誰沒流浪過？跩什麼跩？……倒是，他黑黑的臉，真像是老爸，年紀也差不多，離婚之後也從沒來看過我，哼！誰希罕？看不到人最好，三更半夜喝得醉醺醺，回來吵死人，只是……

鐵軌旁的黑水田倒映著銀白色的路燈，電聯車駛入田間，陳福良的家也就近了。

媽媽常說，下半輩子就靠我了，她在市場賣菜，只供得起我們兩人吃穿，我能做什麼養活她？也是賣菜嗎？爲什麼林鴻仁生來就有錢，我就要勒緊褲帶過日子？老天爺真是不公平啊！有人出門開賓士，有人就只能坐區間車；有人穿金戴銀逛百貨公司，有人流著汗蹲在菜市場賣菜；有人餐餐大魚大肉，有人……有人卻是……撿垃圾吃……。

……撿垃圾吃，他寧願撿垃圾吃，也不願接受我的施捨，而我，我還得靠林鴻仁才吃得起炸雞呢。我……我能養活我媽媽？憑我，一個壞學生，我行嗎？輔導老師總是說人要有骨氣，骨氣是什麼？骨氣在哪裡？我有嗎？

陳福良自己問自己，心中掙扎，手中緊握著炸雞，大拇指不自覺的來回擠壓搓揉，雞排裡帶著粉紅色血絲的肋骨突然露出白肉外面，頂到他的手掌心。

「他寧願撿垃圾吃，也不願接受別人的施捨，而我，我還得靠林鴻仁……」陳福良自言自語。「我……明天去應徵工讀生？……去應徵工讀生吧？」

「嗯？」豬頭皮聽到聲音，幽幽的醒來，說：「你在說什麼？聽不見？」

陳福良沈默了一會兒，表情嚴肅的回答：「我明天要去速食店打工。」

毛豆也張開眼睛，揉著眼皮。

「哦！近水樓台，高招。哈！虧你想得出這個方法！夠狠，夠狠。」毛豆摟著豬頭皮，甜膩膩的說：「跟你說了吧！不良仔自己有辦法的，要你雞婆。」

「哇！厲害！厲害！」豬頭皮推開熱情的擁抱，還毛豆一個鬼臉。

豬頭皮忽然想起什麼，又說：「可是人家店長認識你了，印象不好耶！她那麼兇，我看是不會用你的。」

火車忽然又一陣晃動，緩緩減慢了速度，幾個乘客起身準備下車，陳福良也拎起書包。

毛豆眼尖，瞥見一個瘦小的背影，大聲叫出：「嘿！林鴻仁哪！是那個林鴻仁。」

「想不到他補習補到這麼晚，喂！不良仔，下車再敲他一筆，命令他明天多帶一點錢來。」豬頭皮趁著陳福良還未下車，趕緊提醒他。

陳福良沒回應，臉上也沒有半點表情，反倒是林鴻仁回頭來看見了，慌得直往車門鑽。

離開了毛豆和豬頭皮，陳福良緩緩踱出火車站，他看到林鴻仁招手，匆匆爬進賓士轎車裡，隨即消失在路口。

他嘴角輕輕一揚，心想豬頭皮說得對，店長肯定是不會錄用他的，要想打工還得想其他的方法。至於林鴻仁，他是不想再勒索他了，這種錢花起來雖然很痛快，可是……。

毛豆和豬頭皮那兒怎麼交代呢？就說忽然發現林鴻仁是他遠房的親戚好了，他們是他的朋友，總不會不顧江湖道義吧！

一盞路燈灼灼的立在矮牆邊，陳福良望著自己被拉長的身影，突然間第一次體會到有要回家的感覺。

回頭看看車站出口，早已空蕩蕩的了。可憐毛豆和豬頭皮還在火車上，等待著下一站和下下一站……

他們，還要流浪多久呢？

# 4

# 紅龜心事

我升國二的那年暑假，家裡發生一件可怕的意外。

當時我正戴著兩層活性炭口罩，皺著眉頭，小心翼翼的在阿爸的漢堡店裡炸薯條。廚房裡的高溫使我揮汗如雨，濃重的油煙使我渾身黏膩，我狂吸加冰大可樂好爲自己降溫，心裡直羨慕用餐區裡那些吹冷氣享受速食餐飲的同學們。

忽然，隔著木板門上的玻璃框，我看見大舅公踉踉蹌蹌闖進店裡，揮舞著顫抖的右手，用著極度驚恐的表情對阿爸吼叫：「趕緊！趕緊！紅龜全的工廠火燒了，趕緊去救火——」

阿爸臉色一青，從櫃臺椅上跳起來，強烈的震動使他身後的紙杯從架子上掉下來。我心中如巨石衝撞，一陣酸痛，趕忙撈起油鍋裡半生不熟的薯條，關掉瓦斯。待我卸下裝備，衝到店門外時，阿爸和大舅公已跑在我前方五十公尺處，而遠遠的，我看見空中騰著一股濃濃的黑煙。我心中絕望的呼喊著：「怎麼辦？怎麼辦？阿公在裡面呀！阿公！阿公！」

阿公做紅龜粿的生意已經五十多年了，那一陣子卻奇怪的拒絕客人的訂貨，每天將自己關在工廠裡，不知在做什麼。

事情是這樣的。先是在阿爸的漢堡店開幕那天，阿公就出了狀況。

記得那一天豔陽高照，從黃曆看來是個新店開張的好日子。阿爸忙了一個多月，總算將新店裝潢好，採購一切生財工具，並且在店門上掛上五個碩大的紅彩球，將親朋好友送來的花圈花籃放在醒目的位置，高高興興的準備剪綵。然而就在剪刀剪開彩帶的同時，媽媽在店裡接到醫院打來的電話，說是阿公在趕來觀禮的路上跌進水溝，摔斷了左腿。

聽到這消息，阿爸連忙交代媽媽招呼客人，火速趕去醫院，而我驚訝之餘心中還透著惶惑。阿公不是生阿爸的氣嗎？阿公竟然會騎腳踏車過來，看看阿爸開的新店嗎？是不是親戚們的慫恿成功了呢？而在這緊要關頭，阿公竟然跌進水溝裡，真是不可思議。

那一天忙完開幕的事回到家，我看見阿公躺在床上，左腿包了好大一坨石膏，床沿還立著一根枴杖。阿公一把雪白的長鬚露在薄被子外面，他緊閉雙眼像是閉目養神，然而眉心緊蹙抽動，不知是忍著傷口的疼痛，還是發洩內心的不滿。

就是從那一天開始，阿公變了個人似的成天臭著一張臉，一句話也不肯說，像是有滿腔的心事。每天吃過早餐，他就拄著枴杖，一拐一拐的踱進工廠裡，拉下鐵門，將自己鎖在裡頭，與世隔絕。

阿公躲在紅龜工廠裡做什麼？原以爲他還生著阿爸的氣，只是給自己找個見不到阿爸的地方。不過當工廠的煙囪升起裊裊的炊煙時，大家恍然大悟——阿公在裡頭製作糕點。可是，家人心中的問號不但沒有減少，反而增多。因爲客人來訂做嬰兒滿月的紅龜粿或是紅圓仔，一律遭阿公揮手拒絕，阿公製作出來的成品是賣給誰的呀？

我和姊姊曾趁阿公離開工廠之後，偷偷潛進去察看。出乎我們意料之外，蒸籠裡看不到任何東西，沒有紅龜粿，沒有紅圓仔，也沒有紅桃粿。工作台上還殘留些許麵粉痕跡，大灶還發散著餘溫，煮熱水的大鐵鍋已經洗淨晾在清洗槽邊，而槽裡的排水孔上還黏附一點點紅色液體，那是用來塗抹龜粿的紅番仔染料。

姊姊異想天開的說：「不會是全讓阿公吃光了吧？」

「你是說阿公做好了糕點，然後通通把它們吃光了？」我聳起肩膀，張大嘴巴。「怎麼可能？」

然而姊姊的話似乎有點道理，因爲阿公的胃口變得很小，晚餐時，他總是囫圇吞幾口飯菜便離開餐桌。我不確定那是他吃多了糕點，還是情緒低落；我記得小時候曾因爲考試考差了，遭媽媽打手心，我一連嘔氣三天，吃不下飯。

隔天我躲在工廠窗邊偷窺，透過貨物架的阻隔，只能隱約看見阿公佝僂的背影，和一旁擱置的枴杖。他站在工作台前，雙手正奮力的揉著東西，白色的背心讓汗水染濕，隨著身體的節奏，一上一下的晃動。我猜他是揉著麵團吧！

不久，我看見成品一一自他身後出現，但是距離遙遠，只能分辨出是一團團圓球狀的東西。接著阿公拿起毛筆蘸上紅番仔染料，開始在麵團上塗繪，並且在球頂上畫龍點睛般的細心圈畫，我確定阿公做的不是扁圓形的紅龜粿，而是紅圓仔。

紅圓仔是在小嬰兒滿月時製作的，飽滿的圓球體加上球頂一顆小圓點，活脫是一顆母性乳房的造型。我腦海中響起阿公曾經說過的一段話：「紅圓仔故意模仿乳房的形狀，爲的是祝福新生兒的媽媽奶水充足，好讓小嬰兒有足夠的奶水吸吮，才能長得胖壯健康。在古早，沒有牛乳的年代，那是非常重要的事。」

是啊！那麼重要的事是在古時候，現在奶粉一大堆，還需要紅圓仔的祝福嗎？我抓著窗上的鐵欄杆，感到好笑。回頭再想，他躲在工廠裡做紅圓仔做什麼？誰生嬰兒了？他不是回絕了所有的訂單了嗎？

我將觀察所得向姊姊報告。姊姊張大雙眼，臉上驚恐的表情，像是看著一齣驚悚片。

「你看清楚了，是紅圓仔沒錯？」姊姊緊緊抓著我的肩頭，五爪如尖刺般扣得我皮膚好痛。

「我想是吧！紅龜粿是扁圓形，紅桃粿是心形，只有紅圓仔是球形的，看阿公上色時的動作，我想應該沒錯。」

姊姊怪異的神情害我產生一絲猶豫。

她又問：「阿公的表情呢？他很激動嗎？」

我感染到姊姊的不安，又覺得她大驚小怪的，於是不悅的甩甩肩膀，甩開她的尖爪功。我說：「妳發什麼神經？幹嘛那麼緊張？」

「快告訴我，阿公是不是很激動？」

「我怎麼知道？我又看不到他的臉。隔著鐵欄杆和貨物架，距離又那麼遠，只有看到背影而已。不過他身上的背心倒是濕透了。」

「啊！」姊姊見鬼似的尖叫一聲，然後說：「還有呢？還有呢？」

「嗯……」我低頭回想，旋即抬頭。「有了，他偶爾會仰起頭嘆口氣。」

「啊！真的是這樣！」姊姊雙手抓緊胸口。

「妳到底是怎樣？發什麼神經啦！嚇死人了！」我不耐煩的生氣了。

「阿公……阿公……會不會是……撞傷腦袋，變成……變成……」姊姊抖抖索索的，吞吐出：「小貝比想吸母奶。」

「啊！哈！哈！哈……」

我抱著肚子狂笑不已，一拳打在姊姊的手臂上，痛得她慘叫一聲，並且回打我三下。她深吸一口氣，嚴肅的說：「你給我聽好，我是說真的。阿公年紀大了，很可能又摔傷了腦子，心智退化成小嬰兒……」

我聽不下去了，打斷她的話：「那跟紅圓仔有什麼關係？」

姊姊戳我腦袋，說：「傻瓜！紅圓仔不就是大乳房嗎？你說他搓著紅圓仔，汗流浹背，偶爾激動的仰天長嘆，那不就像小嬰兒哭鬧著找母奶喝嗎？」

「唉呀！我沒有那個意思，妳太會聯想了。」

「要不然你說說看，阿公做紅圓仔幹什麼？」

「我……我……」我瞪姊姊一眼。「我怎麼知道！」

爲了證實猜測，第二天，姊姊同我躲到窗邊偷看。

然而這一回阿公製作的不是紅圓仔。看他拿刷子在扁扁的麵團上輕快揮灑，我們都無異議達成共識，阿公做的是紅龜粿。姊姊的奇思妙想不攻自破。

「唉！阿公到底做這些東西幹什麼呢？」我雙手一攤，有種快昏倒的感覺。

「你乾脆自己去問他，他平常那麼疼你。」姊姊說。

「你又不是不知道，他已經好幾天不說話了，連叫他一聲阿公，他都當作耳邊風，不理不睬。」

望著煙囪上冒出的雪白水煙，我們彷彿身陷五里霧中。

我說：「會不會是阿公想要研發新口味的糕點，好跟阿爸嗆聲？而且又礙於面子，還沒研發成功前，不讓人知道？」

「爲什麼？爲什麼要跟阿爸嗆聲？你又看到阿公買了什麼稀奇古怪的豆餡

嗎？」

「有沒有買，我是不確定，可是，妳又不是不知道阿公和阿爸吵架的事。」

「你是說爲了阿爸要賣漢堡的事？」

沒錯，爲了阿爸要開漢堡店賣速食，阿公和阿爸吵了一架。

那是寒假時發生的事。

剛過完年，全家爲了正月初九的天公生忙翻天。由於每一戶人家都要準備十二個紅龜粿祭拜天公，因此我們從凌晨五點便進了工廠，一整天都跟麵粉團奮戰。一籠一籠的紅龜粿出灶，我趕緊爲他們塗抹花生油，增添光彩和香氣。

客人一湧而入，各自拿塑膠袋搶購，紅龜粿供不應求。

「紅龜全，卡緊咧！卡緊咧！我等很久了。」

排隊等候的客人在工廠外嚷嚷，阿公忙得滿頭熱汗，沒空出去安撫他們。

不過，這種搶市的情況不是天天都有，加上清明節，一年不過兩次，平常日子只有等村子裡有人生孩子、度晬或是做壽，才會有生意上門。就像蜘蛛結網，等著蟲子落入，灶頭上三天熱，五天冷。

針對這情況，阿爸不止一次發牢騷。天公生過後的某一天，用晚餐時他對阿公說：「老主顧都七老八老的，今天這個住院，明天那個做仙，每過一年，人就少掉一些，生意是一年比一年差。年輕人願意拜拜的很少了，再過幾年，恐怕……」

阿公點點頭，放下手上的筷子，說：「是這樣沒有錯，你有什麼看法？」

「做生意就是爲了賺大錢，紅龜粿、紅圓仔、紅桃粿只能當點心，又不能照三頓吃，怎麼可能賺大錢？」阿爸吞下一口菜，一雙筷子在空中揮了一下。

「兒啊！你說的不錯，像你老爸我勞碌一生，賣了千千萬萬個紅龜粿，只能讓你們吃個粗飽，也無法存錢起大厝。你會這樣想，可見你真有生意頭腦。」

阿爸受到肯定，聲音增大，情緒也亢奮起來：「阿爸，我們這一途是沒希望了啦！現在都市人流行吃漢堡、薯條，這些東西做起來很快，客人照三頓來買，利潤又好，大家愛吃，受歡迎。」

聽到「沒希望」三個字，阿公眉頭一皺。「你說的是不是中間夾牛肉的麵包？那麼辛苦拉田，種出白米養活我們的牛，要讓人去吃牠？」

「不一定要包牛肉，可以包雞肉，包魚排，包火腿，都可以啊！」

「包那些東西，有我的紅豆沙好吃嗎？」阿公翹起腿，身子偏過一邊。

「阿爸，好不好吃，是隨客人決定，現在我們說的是怎麼賺錢。」

「很好，你準備在哪裡賣這種東西，叫做漢堡是嗎？」

「我想把紅龜工廠重新裝潢，那裡在大路邊，離國中國小都近，學生最喜歡吃漢堡、喝可樂了。」

「什麼？你這樣說，那我的紅龜呢？」阿公原本側一邊的頭，瞬間轉向阿爸。

「阿爸，你沒聽懂我的意思，紅龜生意收起來，不要做了啦！」

「這樣的話，人家要拜神祭祖，滿月度晬，你叫他們怎麼辦？」阿公的臉微微泛紅，話說得又大聲又急促。

「那就沒辦法了，他們自己想辦法。」

「我看，在你的漢堡店裡面兼著賣紅龜粿，這樣比較好。」好一個折衷妥協的辦法。可是阿爸完全不能接受，他說：「拜託一下，漢堡店賣紅龜粿？那成何體統！」

阿公猛然拍桌，雙眼睜得圓圓的，大吼：「恁爸一手好功夫，原本望你傳下去，我不反對你賣漢堡，你卻有臉跟我講體統？」

阿爸面子上掛不住，轉過頭去不理阿公。

我、姊姊和媽媽面面相覷，不知如何是好。最終還是媽媽出來打圓場，對阿公說：「阿爸，不要生氣，吃飯皇帝大，吃飯時不要參詳事情。你不要理他，他想賺錢想瘋了。」

這話不但沒有爲火爆降溫，反使阿爸不爽。阿爸說：「我想要賺大錢，也是爲這個家。爲了這個家，漢堡店是一定要開的。」

「我不反對你開新店，但是紅龜粿不能不賣。歲時節慶，出生送死，都需要用這些東西，那種價值不是用錢來算的。我跟你說啦，灶裡的火不能熄，煙囪裡的煙不能斷，絕對不可以。」阿公昂起頭，眼裡閃著濕濕的光。

阿爸堅定的說：「沒有人在漢堡店賣紅龜粿的，那會笑破人的嘴。」

「那樣的話，你別想動我工廠的腦筋，你自己去租個店面。錢，你也自己想辦法。」阿公激動的拿碗底敲桌子，說一句敲一下，說完便起身離開。

這事傳到親朋好友耳朵，有人來勸阿爸，有人來勸阿公。結果是阿爸借到了一筆錢，可以拿來開新店，而阿公保留了他的紅龜工廠，但是兩人王不見王，即使見了面也不說話。

後來，漢堡店在六月底開幕了，家人全移師過去幫忙。不知阿公是否有遭人遺棄的感覺，竟然每天將自己關在工廠裡，不理別人。

阿公怪異的舉動已經夠令人擔心了，而現在又傳來工廠起火的噩耗。阿公將自己鎖在裡面蒸煮糕點，大火應該是他不小心引起的。或者，會不會，阿公積怨未消，一時想不開，故意……不會吧！怎麼辦？恐怕……恐怕……

當我上氣不接下氣的跑到工廠門口時，看見一輛消防車停在旁邊。消防人員從窗戶噴水柱進去，又黑又濃的煙霧漸漸的轉變成淡淡的白煙，想是火勢不大，很快受到控制。

阿爸弓起臂肌，用力衝撞鐵門，鐵門牢不可破。隨即消防員拿來破壞剪，費了一番功夫，終於將鐵門打開。

工廠裡煙霧瀰漫，伸手難辨五指，溫度又高，我想進去幫忙，卻遭大人阻止。

「在這裡，枴杖在這裡。」裡面搜尋的人大喊。

不久，就看到阿公讓人背著，匆匆移上擔架，送進救護車，往醫院去了。

見到阿公的模樣時，我心內猛的抽跳，倒吸一口氣，因為阿公滿身黑灰，昏迷不醒。我無助的握著阿爸的手，心中充滿憂慮和恐懼。我想問阿爸怎麼辦，一抬頭，卻看見阿爸淚濕了雙眼，無聲的哭泣。

經過急救之後，還好，還好，真是不幸中的大幸，阿公身上沒有灼傷的痕跡。但是他吸入不少濃煙，有輕微一氧化碳中毒的現象，還需要住院觀察。

由於漢堡店的業績蒸蒸日上，爸媽和姊姊都忙著照顧生意，於是派我，手腳最遲鈍的人，留在醫院看護阿公。

阿公躺在病床上，不時咳嗽。大部分的時間，他都昏睡，而難得醒來的時候也是心事重重，緘默不語。我不懂，經歷生死大事，從鬼門關走一遭回來的人，還會繼續生兒子的悶氣嗎？阿公的腦子裡，到底在想什麼？

望著阿公緊鎖的雙眉，我不禁懷念起以前紅龜工廠的盛況。那時的阿公總是熱汗淋漓，笑容滿面。

工作台前，收音機裡流洩出的閩南語老歌，阿公隨著輕快的節奏將手中的麵團和豆沙揉、捏、搓、壓、切分、包裹，變成一個個的糕點，像充滿自信的魔術師展演絕活。

阿公拿毛刷、毛筆，蘸上紅番仔染料，將白慘慘的糕點塗裝成喜氣洋洋的大紅色，彷彿是一位優雅的藝術家。

糕點排入蒸籠裡，放進滾燙的大灶中炊煮，不一會兒，滿屋子就會瀰漫香香甜甜的白色水煙。那白煙裡有小麥的清香，有紅豆的甜膩，讓人誤以為是清爽的森林芬多精，忍不住多深呼吸幾口。小時候，我最喜歡張開雙臂，在白煙中奔來跑去，想像自己是一隻穿梭白雲間的小小快樂鳥。

阿公曾說：「紅龜祝人長壽，紅桃祝人吉祥，紅圓仔祝人健壯。」難怪客人來買糕點總是歡頭喜面的，也難怪阿公獲得「紅龜全」的雅號，因爲阿公貢獻一生爲人做禮祝福啊！

那時的阿公是驕傲快樂的，而現在呢？

夜裡，阿爸來接替看護，他說警察已經查出來了，起火點是大灶邊的柴油桶，應該就是大灶裡的火星子噴出來，點燃了桶裡的柴油，才引發大火的。

「不過有一件事情很奇怪。」阿爸說。

「什麼事？」

「警察在大火撲滅後馬上進工廠察看，他們打開大灶的大鍋蓋，看到一樣很奇怪的東西。」

「哦？什麼東西？」我張大眼睛，豎起耳朵，仔細等待阿爸的回答，因爲那可能就是阿公將自己鎖在工廠裡的秘密。

「嗯……應該怎麼說呢？」阿爸低頭，手摸下巴的鬍渣，沈吟半晌，才又說：「鍋子裡沒有蒸籠，沒有紅龜粿，沒有紅圓仔，沒有什麼糕點，就是一鍋粉紅色的漿糊。」

「漿糊？」我幾乎是尖叫的說了這兩個字，因爲我懷疑我聽錯了。

「沒錯，警察是這樣說的。他們說那一鍋粉紅色的漿糊還咕嚕嚕的冒著熱泡呢！」阿爸莫可奈何的苦笑一下。「我剛剛先繞去工廠看了一下，也看見了。不過已經冷掉了，乾巴巴的，上面還裂出一條一條的縫。」

「阿公煮漿糊幹什麼？還是粉紅色的。」

「我怎麼知道？等他醒來，你自己問他吧！」阿爸聳聳肩膀。

當然，阿爸是不可能拉下臉跟阿公談這件事的，因為阿公煮漿糊是在和阿爸賭氣之後；阿爸若是問了，恐怕阿公以為遭受責備，又要掀起一場風暴。

不過我知道阿公不是為了煮漿糊才將自己鎖在工廠裡，因為我明明看見他做出了一個個的紅龜粿和紅圓仔呀！我想他是將做好的成品都丟入大鍋裡面煮爛的，要不然怎麼會有粉紅色的漿糊，誰會故意把漿糊染成粉紅色？然而，我還是不明白阿公為何這樣做。

將自己辛辛苦苦做好的糕點煮成漿糊，阿公的行為等同武林高手自廢武功，我無法理解。或許他真是摔傷了腦袋吧！

住院三天之後，阿公復原出院。

工廠燒毀，阿公無處可躲。他似乎也看破了，不再生悶氣不說話，反而天天早出晚歸，跟大舅公到廟口老榕樹下喝老人茶、聊天、下棋。

我和姊姊不止一次用暗示的，用明問的，要從他口中套出「粉紅色漿糊」

的秘密，他倒是真的像得了老年癡呆症，每次都胡扯裝傻。幾次以後，我們也覺得索然無味了。

我考上大學那一年，阿公染上肺炎，或許是那一場大火的濃煙傷了他的肺臟，阿公抵抗力很差，病得十分沈重。住院一個禮拜後，阿公便過世了，享年七十五歲。

隔年阿公忌日，俗稱「對年」，除了祭拜之外，還有一項將亡者姓名寫入神主牌的儀式，儀式中必須用到紅龜粿、發粿和湯圓。爸媽忙著漢堡店的生意，沒有時間做這些東西，於是派姊姊騎機車到隔壁鄉鎮去買。

當一切就緒，全家手持線香鞠躬膜拜時，我看著神桌上的紅龜粿，不禁感慨。如果那是阿爸親手做的，阿公或許會感到很安慰吧！

有一天，我讀到一則新聞。說是日本一位七十多歲國寶級漆藝大師，由於開班授徒招不到學生，憤而將整桶漆液倒入馬桶，並且將製作漆器的工具投入火中，燒成灰燼。

不知為何，我腦海中忽然顯現我未曾親見的，那冒著熱泡的粉紅色漿糊。那漿糊在鍋中翻滾，咕嚕嚕的像是吞吐著叨叨絮語——那是阿公鬆垮的肌膚和震顫欲碎的身子骨搖撼了空氣，傳來的陣陣無名心聲：

「煙囪裡的煙不能斷，灶裡的火不能熄……」

那聲音極微弱，如冬蟲哀鳴，如朝露悔逝，在猛火的煎熬和濃煙的牽引之下，緩緩的向上飄移，隱入天際。

——本文獲第七屆大墩文學獎佳作

# 5

# 高雪莉的化妝舞會

# 1

假日後的第一個朝會，普同國中的校長正式宣布基本學力測驗後要舉辦「化妝舞會」。雖然大家早就聽到風聲，也知道那是學校爲了給校務評鑑加分的，不過操場上仍響起熱烈的歡呼。

高雪莉原本稍息的姿勢變成了雀躍。她覺得天空很藍，陽光很美，她決定重新打造自己，她知道那是唯一的機會。

她的怪獸面具已經被她燒掉了，因此她只好重做面具。說的也是，若是她戴上怪獸面具，變成醜八怪，李東陽怎麼可能會選她當舞伴呢？這一回，她要變成一個絕世大美人，好和吳宜菁一較長短。

她忽然覺得自己很笨，當初什麼樣的面具不做，偏偏選了「怪獸」。

「哈！」她自嘲一下。大概是班上的人都當她是個怪物，使她理所當然的也這麼看待自己了！

在校長公布之前的幾週，老師們早就在校務會議得知消息，提前準備了。體育老師負責教學生跳舞，而美術老師則是加緊編寫「藝術與人文」的教案，好存檔備查。美術老師還要學生購買材料，趁早把面具做好，以免影響考試的準備。

說也奇怪，有這麼好的機會跟心儀的人共舞，而且是戴著面具不會讓人認出來，賴文萍爲何始終不願意製作面具呢？真搞不懂她！

## 2

回想起那一天上美術課，老師教她們製作「面具」的情景。

高雪莉伸長脖子偷看李東陽，發現他製作的是盔甲武士的面具。

當高雪莉專心的畫出心目中「怪獸」的圖樣時，老師瞪著一雙火眼珠，站在她座位旁，冷冷的說：「妳的材料呢？」

習慣性的心虛使高雪莉嚇一大跳。當她慌亂的揣測老師的意思，不知如何應答時，忽然聽到後面傳來一句：「沒帶。」

回話的人是賴文萍，原來美術老師質問的對象並不是自己，高雪莉拍拍胸口，鬆一口氣。

「妳不知道今天有美術課嗎？我看你是故意的吧！」美術老師雙手抱胸，架著三七步，一副算帳的模樣。

「對，我是故意的。」賴文萍冷靜的回答。

面對這挑釁式的回答，美術老師先是圓眼一瞪，接著深吸一口氣，忍住一股情緒。「妳，妳回家做，明天補交。」

「我不做，我不做面具。打死我，我也不做面具。」賴文萍索性把臉轉向窗戶，固執的語氣中透出無辜，教人摸不清她到底想些什麼。

美術老師又說：「爲什麼不做？妳給我一個理由。」

人。

賴文萍面向窗戶的臉始終沒轉移，靜默的如同放棄抗辯而亟欲受刑的犯

「好，沒關係，沒有交出面具，成績就零分，現在給我到後面罰站，去。」美術老師以同等冷靜的態度回應，她似乎不想那麼容易就被激怒，免得讓學生看輕了。

賴文萍沒有猶豫，縱身而起，退到後面垃圾桶邊，嘴裡嘀咕：「又不差妳這一科，多妳這一科的成績，我也進不了四十名……」

美術老師強壓怒氣，當作耳邊風，甩頭走回講台翻看隨身帶來的書。

看見賴文萍被罰站，高雪莉竟然有些快慰和激動，並非她跟她有什麼過節，而是高雪莉忽然覺得自己不是那麼孤單了。事實上，如果不是老師罰賴文萍站，高雪莉根本不會留心到她。除了她位處視線不及的背後之外，也因爲她是轉學生，國三上學期才轉來，大家相處的日子並不久。

高雪莉回想一下，第一次模擬考，賴文萍排名第五十名，自己五十五名，

全班剛好就是五十五人。

競爭激烈的資優班裡，在所難免，約定成俗，會依照分數將學生分爲不同階級。也不知是哪個天才，拿佛教的「六道輪迴」來比喻，把前十名的叫做「天人」，十幾名的是「阿修羅」，接著依序是：「人類」、「餓鬼」、「畜生」和「地獄」。高雪莉就屬於最底下的那一層了，那是她們班導說的：「可憐的，難以翻身的階級。」可想而知，她在班上的地位有多卑微了。

高雪莉做面具的心思都沒了，頻頻回頭看著賴文萍。

國一時，有一回數學老師叫高雪莉起來回答問題，她答不出來，老師便罵她：「連這麼簡單的題目都不會？什麼高雪莉？『高學歷』？我看你是低能兒！過來！」

老師狠狠打了她兩下手心，並且罰她到後面站，她的手像泡進油鍋裡，熱痛得不得了。從那時開始，罰站成了家常便飯。

而那一刻，竟然有人站到了她的位置。她雖也同情賴文萍，雖也納悶她爲何堅持不做面具，但心裡多的是爲自己欣喜。高雪莉成績差，沒有人願意理她，她也自認不夠資格跟別人作朋友，她其實已經兩年半沒有朋友了。她心想，或許，或許……

高雪莉想了很久，終於在下午鼓起勇氣，拿一道數學題目，轉身面對賴文萍。「你……你的數學比我好，你可……可不可以教我這一題？」

賴文萍有些吃驚，但馬上恢復常態性的冷漠。然而，她遲疑了一會兒之後又說：「可以，剛好這一題我會，不過你要去福利社幫我買一瓶可樂。」

「好！好！沒問題。不過，讓我請你。」高雪莉宛如流浪狗得到新主人的寵愛，幾乎要感動流淚了。

她跑去買回飲料，並且聆聽賴文萍詳細的講解。高雪莉終於跨出這一步，有人願意教她數學，而她竟然也聽懂了，她終於看見陽光，聞到青草的芳香。她樂觀的相信，她的數學終於有得救的希望了。

## 3

放學時，她急忙收拾書包，以跑百米的速度衝到校車上。她用書包在座位旁佔了一個位子。那是要回報賴文萍的——她唯一的朋友。

回家的路上，高雪莉一高興，就當賴文萍是知心好友，對她訴說心事。

「其實我一直很自卑，功課跟不上，導師還一直叫我轉班，說我是害群之馬，把全班的成績拉下了。我是死也不肯，如果轉班，那不是丟臉丟到家了嗎？」

賴文萍靜靜傾聽，她說得更多了。

「這一切都要怪我爸爸，我爸爸是國小老師，我讀小學六年級時，我爸爸也教六年級，我原本不在他的班上。我的班級成績比較好，競爭激烈，我再怎麼用功，頂多只能拿到第三名；而他的班成績比較差。你知道的，每一班的第一名，在畢業典禮時可以領到最高榮譽的市長獎，就爲了這張獎狀，他故意把

高雪莉的化妝舞會

我轉到他的班上，拿取第一名。而有了這張市長獎的獎狀，我才能順利進入現在的資優班，誰知道，惡夢從此開始。」高雪莉低下頭。「唉！從市長獎掉到最後一名，你知道那種感覺，落差……」

「唉——喲——」賴文萍誇張的叫一聲，斜眼上下打量高雪莉一番。「原來是動了手腳才爭取到好成績的喔！我看哪！你爸爸也不是什麼正派的人。」

高雪莉當然了解爸爸的苦心，卻也怪他害她過這種苦日子。但無論如何，聽別人批評自己的爸爸，原本該要生氣的，可是她不但沒有，還慚愧的接受了。

「不只是我的功課，我也覺得自己長得不夠漂亮。如果我像吳宜菁一樣，身高一百六十五，胸部豐滿，眼睛大又圓，那該有多好！」高雪莉低頭看著自己扁平的胸口。「不過，吳宜菁最會裝模作樣了，每次考試前都唉唉叫，說沒有讀完啦，一定會考得很差啦，其實都是騙人的，考出來都是一百分。」

賴文萍說：「哈！妳還不懂嗎？那叫做欺敵，不只她，很多人都這樣。

耶！吳宜菁不是很喜歡李東陽嗎？我看她常常假裝不會算物理，要李東陽教她；李東陽如果不理她，她就撒嬌，亂噁心的。」

「對呀！李東陽又高又帥，籃球打得又好，成績也棒，好厲害！好帥喔！」高雪莉忘情的讚嘆。

「咦！」賴文萍張大眼睛，指著高雪莉的鼻子。「妳是不是也喜歡李東陽？」

「沒有啦！」高雪莉臉頰微微泛紅，聲音變嬌了。

「妳少騙我了，喜歡就喜歡，有什麼不能說的。」

一種幸福的感覺從心湖底浮起。高雪莉說：「好，我跟妳講，可是妳要幫我保密喔！」

「好啦，好啦。」賴文萍笑著，理所當然的樣子。

高雪莉低下頭，長長的睫毛眨了又眨。她吞了吞口水，才低聲的說：

「嗯，我喜歡他很久了。雖然我不敢接近他，不過有一次一百公尺測驗，我跑了十四秒，他很欣賞的看了我一下，害我晚上高興得睡不著覺，嘻！」

高雪莉越說越害羞，實在不好意思再說下去，她轉而問賴文萍：「喂！妳有沒有喜歡誰？」

賴文萍搖搖頭，癟著嘴。

她又問：「都沒有嗎？要不然，妳最討厭誰？」

賴文萍還是搖頭，眼神飄來移去，一副不可說的表情。

高雪莉毫無保留的分享了心中秘密，雖然獲得對方傾聽，有了被瞭解的感動與宣洩之後的快慰，卻又感到若有所失，似乎有人奪去了她最私密的珍寶，心裡面虛空空的。

高雪莉得不到回答，心中無法平衡，繼續又問。「那麼，妳可不可以告訴我，你爲什麼不做面具？」

賴文萍一楞，臉轉向車窗，不發一言。

高雪莉怕激怒她，趕快靠回椅背，呼出一口氣：「好吧！不說就不說。」

賴文萍轉回頭，輕輕瞪高雪莉，說：「妳少管我！」

看賴文萍願意說話，以為她心情好了，高雪莉加緊追問：「要不然，妳告訴我，妳為什麼會轉來這裡？妳以前讀哪一個學校？」

賴文萍突然一躍而起，眼中閃著凶光，破口大叫：「高雪莉！妳太可惡了！不要以為我跟妳一樣爛，妳錯了！妳給我小心一點！」

接著，她書包一拎，猛然推開高雪莉就往車門走去，頭也不回。

一瞬間，高雪莉感覺有一把冰冷的尖刀架在她脖子上。她竟然掏心掏肺的，將自己最脆弱的部分攤給別人看，癡想別人也會毫不保留的和她交心，她覺得自己真的太傻了。

## 4

出乎意料的，隔天，賴文萍並沒有不理高雪莉，還實現承諾教她數學，但是賴文萍不但要求要喝飲料，還要高雪莉幫她掃地。爲了數學，和這唯一的朋友，高雪莉都照做了。

下課時，導師叫高雪莉進辦公室，劈頭就問：「妳老實告訴我，妳是不是喜歡李東陽？」

高雪莉好驚訝，導師怎麼會知道？爲免導師囉唆，她抵死不承認。「沒有！我很討厭他，他總是自以爲了不起。」

「喔！那就好。妳千萬不要去喜歡李東陽，妳如果追他，只會影響他的成績，連著也會害吳宜菁讀不下書。學力測驗就要到了，不該談男女感情，學校就靠這幾個成績好的拉高升學率，妳千萬不要破壞了。算了，算了，妳走吧。」

才步出室外，吳宜菁就跑到高雪莉旁邊，不屑的對她說：「跟我搶李東陽，回去照照鏡子吧！哼！」

「吳宜菁怎麼知道？我隱藏得那麼好。一定是她，多嘴可惡的賴文萍。」高雪莉氣不過，衝到賴文萍面前興師問罪：「妳說，妳是不是把我的秘密跟別人講了？」

「唉喲！我只有跟李東陽講而已，說有人喜歡你，我有交代他不要講出去喔！」

「啊！是他。」一聽說是李東陽，高雪莉反而心虛了。她嚥一口唾沫，不安的問賴文萍：「……那……那……那他……他聽了以後，怎麼說？」

「他沒說什麼啦！他只是苦著臉，拿手在鼻子前面搧了又搧。」

「什麼？」賴文萍的意思，表明是說李東陽當她是穢物一般看待了。

這再一次的傷害，高雪莉不知要如何承受，她嚷著：「都是妳害的！都是妳！妳答應不說的，妳長舌婦，妳八婆，妳去死！妳去死！」

「好哇！有種，妳以後不要找我教妳數學。」賴文萍甩頭不理她。

高雪莉感到暈眩，眼前一片空白。

她呆呆的站了一會兒，接著眨著紅紅的眼睛，挽留即將溢出的淚水，結結巴巴說：「……我知道了……是我不對……我不該……不該隨便把祕密告訴別人……」

回家後，高雪莉拿出怪獸面具，當它是可惡的賴文萍。她將所有的憤怒化成一團火，將面具燒個精光。當火光燒得紅豔豔的時候，突然，她心中生出一股衝動，好想將那炙熱的火焰，呑進肚子裡……。

就這樣，高雪莉精心繪製的第一個面具，成了一團灰。

接下來的日子，賴文萍對高雪莉十分不客氣，但她仍會教她數學，以獲取高雪莉的服務。

賴文萍總是用高傲的姿態取笑她：「拜託妳去跳樓，這麼簡單的題目都不會，白癡。」賴文萍還會故意買零食，一個一個的請同學吃，來到高雪莉面前時便故意跳過。

面對這些羞辱，高雪莉雖然生氣難過，卻必須假裝無所謂，甚至歡喜接受，誰教她有求於人。她不知道賴文萍為何要這樣對待她，也許賴文萍需要欺負人的快樂吧！也或許自己真的不值得別人尊重吧！不過，沒關係，高雪莉心想，臥薪嘗膽，忍辱負重，她相信等數學進步了，導師會對她另眼相看。

## 5

大約是校長宣布舞會訊息的三週後，有一天放學，賴文萍下車後不久，校車遇上塞車而停住。

司機不耐久候，按了喇叭，大聲嚷嚷：「搞什麼？前面出車禍了嗎？」

大家紛紛站起來，伸長脖子往前探望。突然間，高雪莉看到左前方一輛賓士轎車上有個女生的背影，穿著台一中學的深綠色上衣和黑裙。

這原本沒什麼好看的，放學時間，路上到處流竄各校的學生，可是，那女生身旁的書包卻吸引她的目光。

「普同？」高雪莉納悶，怎麼是自己學校的名稱呢？不是「台一」嗎？那一瞬間，高雪莉似乎被挑動了偵探神經，發覺那女生及肩的捲髮有些面熟。

那個女生微微騷動，身子往右靠，縮起脖子，戒慎的轉頭往校車看來。高雪莉看到一雙心虛的眼神，還有一張清晰的七分臉。

「是賴文萍！」

高雪莉因爲驚訝而抖跳了一下，但很快的，她用手上的參考書遮著自己的臉。她意識到賴文萍有個不可告人的秘密，而她自己卻是個卑微的女僕，恐懼讓主人知道她發現秘密的存在——即使還不清楚秘密的內容。

她稍自鎮定後從書旁瞄過去，那女生的臉已經隱沒在車頂之下，只剩右側腰身，而一旁的書包也翻了面。她猜，此刻賴文萍或許把臉轉向左窗，或者用雙手遮住了。

台一中學是眾所公認全市最優秀的明星國中，即便她們普同成績最好的資優生，也擠不進台一的前二十名。難道賴文萍放學後還得到台一去上課嗎？是補習嗎？怎麼可能？真奇怪！

高雪莉帶著疑惑回家，怎麼也想不透箇中道理。

隔天，她問完數學，也幫賴文萍掃完地，心想互不虧欠了，暫時也不怕對方威脅了，於是假裝不經意的說：「昨天妳下車後，我們遇到塞車，我在路上有看到一個台一中學的女生，跟妳很像喔！」

賴文萍張大眼睛，神色慌張的說：「那不是我，妳……妳看錯了。」

想不到賴文萍的反應這麼強烈，高雪莉因此斬釘截鐵的說：「沒錯，是妳，就在一輛賓士轎車上。說不定別人也看見了，不然我們去問別人。」

賴文萍像是受到極度驚嚇，跳起來阻擋她：「不行！妳不能去。」

「爲什麼？」看賴文萍慌亂亂的樣子，高雪莉感覺頂好玩的。

「妳不可以去問別人，也不要告訴別人這件事，我可以無條件教你數學。」

「哦！這麼說妳是默認囉！」

賴文萍沈默不答，但是劇烈的起伏著胸口，抿著嘴唇，握緊雙拳，將一雙濕濡濡而哀怨的眼睛轉向地板，似乎無奈的承受著痛苦。

高雪莉心想，她是抓到賴文萍的把柄了。

從那一天開始，兩人的地位徹底互換了。高雪莉叫賴文萍教她數學，賴文萍是絲毫不敢拒絕，即便那一題她也不會，她會求別人來教高雪莉。

高雪莉發現只要她一說：「嗯！換制服喔！」賴文萍就像是中了魔咒，全身癱軟，失去反抗能力，乖乖照高雪莉的要求去做。

賴文萍步步屈服退讓，不但要教高雪莉數學，還得請她吃東西，甚至幫她做整潔工作，代替她當值日生。高雪莉猶如烏鴉變鳳凰，從地獄飛升到天堂。

一開始她感到有些罪惡感，她一向是溫和的弱勢，欺負人不是她的專長。

但慢慢的，她說服自己她沒錯，因爲那些全是賴文萍以前頤指氣使她做的事，她只是討回公道罷了。

內心交戰的過程沒有很久，她很快的就怪自己以前太善良。她知道賴文萍心裡很不服氣，可是賴文萍越生氣，她就越高興，因爲長久以來累積的憤恨，以及心靈的創傷，不是那麼輕易就能彌補的。

同學中有人發現此一轉變，卻猜不透其中的奧妙。高雪莉什麼都不說，她發覺保持神秘和高姿態，居然可以贏得某些人的敬畏，而她十分享受如此這般的，優於以往的身份地位。

高雪莉沉溺在快感中，至於賴文萍為何換制服？她想知道，卻又不急著知道。她比較感興趣的，是如何裝扮自己，好和自己喜歡的他浪漫共舞。

6

當大家考完基本學力測驗，患得患失時，高雪莉卻將全部精神花在治裝和描繪她的美人面具上。

她在面具上畫一個櫻桃小嘴，在兩頰刷上腮紅，並且灑上金粉和亮片，額頭上還裝飾三朵粉紅色紙玫瑰，增添華貴浪漫的氣息。

第一次基測成績如果不理想，暑假時還能考第二次，到時候還有時間複習的，而這個節骨眼，沒有什麼比「化妝舞會」更重要了。心有旁騖下考出的成績，自然是不佳的。「化妝舞會」選在放榜前一天舉行，那對她來說真是一大恩賜，因爲這樣，她才不會受成績影響，壞了期待的心情。

她瞞著爸媽領出存摺裡的零用錢，偷偷找表姊帶她去婚紗店租露肩小禮服，並且將租來的東西全放進行李箱，藏在表姊家中。

舞會前一晚，高雪莉興奮又緊張，既期待，又害怕受傷害，心中又不時提醒：「再不睡，明天精神不好，掛上黑眼圈可怎麼辦？」然而越是命令自己睡去，越是擔心睡不著；而越擔心，越是闔不上眼，就這樣煎熬在床上，輾轉難眠。

第二天一早，高雪莉看見外頭風和日麗時，跳起來大聲歡呼，她相信這是美夢即將實現的好預兆。顯然，極度的亢奮戰勝了失眠的疲累。

她提著行李箱，要求賴文萍跟她躲進校園中最偏僻的廁所。在表姊家有表姊為她裝扮，在學校，光靠她一人是不行的。

賴文萍見到一大堆行頭，目瞪口呆。

高雪莉興奮問她：「妳呢？妳要戴什麼面具？扮什麼角色？妳的衣服呢？妳該不會遶跑吧？導師有規定，每個人都要參加喔！」

賴文萍臉色一收。「我的衣服在教室，我先幫妳。」

賴文萍順從的幫高雪莉拉緊束腰帶，套上墊高的胸罩，幫她穿上蓬蓬裙，又為她拉上背後的拉鍊，彷彿高雪莉真的成了貴族，而賴文萍是個女僕。

戴上假髮和面具後，高雪莉簡直脫胎換骨，變成一個身材曼妙，高貴華麗的小公主。看著鏡中人，她簡直愛上自己了。

高雪莉一得意，狂傲的說：「快拿我的高跟鞋來，妳這條懶惰蟲。」

賴文萍遲疑了三秒鐘，忍著不快拿來鞋子。

高雪莉說：「趕快幫我穿上。」

賴文萍瞪她一眼，跪在地板爲她套上。

那鞋子有點緊，弄痛高雪莉的腳跟。她使性子，遠遠的踢掉高跟鞋，大叫：「痛死我了，妳是故意的嗎？妳給我撿回來，再穿一次。」

賴文萍臭著臉，彎腰撿起高跟鞋，卻轉身朝高雪莉丟過來。

「高雪莉，你太過份了！」

高雪莉頭一偏，躲過鞋子，氣沖沖的說：「妳敢丟我？妳敢用這種口氣跟我講話？妳不怕我跟別人說妳每天換制服的事嗎？」

她以爲這一招有效，想不到卻加倍激怒賴文萍。

賴文萍整張臉扭曲，眼神像要吃人，全身顫抖的指著高雪莉說：「妳去說啊！說我在MSN交到壞朋友，成績退步，還在深夜給男生載去飆車，被台一中學記兩個大過。妳去說啊！說我爸爸覺得很丟臉，怕鄰居和親戚知道，趕緊秘密的幫我轉學。妳去說啊！」

高雪莉怒氣未消，還想罵賴文萍，不料賴文萍卻歇斯底里的哭喊著：「嗚……每天早上，我穿著台一中學的校服走出家門，坐上我爸的車，繞好遠的路到小巷裡，再換上學校的制服，走去坐校車。嗚……爲了不讓人發現，爲了不讓我爸媽丟臉，我要假裝還是台一的學生。嗚……曾經，我是他們的驕傲，光榮，而現在，每天，每天，全家人當我是恥辱，妳知道這種痛苦嗎？」

高雪莉根本沒心情聽這些，她真生氣，賴文萍哭哭啼啼的破壞了她的好心情。看看牆上的時鐘，時間就要到了，她趕快撩起裙子，自己穿上高跟鞋，冷酷的回說：「妳呀！妳活該啦！」

丟下那句話，高雪莉匆匆離開廁所，趕往舞會所在的體育館。

路上，她回想賴文萍幾近崩潰的情緒，覺得她蠻可憐的，那種讓人瞧不起的自卑感，高雪莉很能體會。不過她沒讓那感覺停留多久，因爲她想起了李東陽。她自作多情的幻想——李東陽，他正在會場裡等我呢！嘻！

## 7

進入體育館，高雪莉深吸一口氣，雖然窄小的高跟鞋使她腳痛，她仍努力擠出甜美的笑容。不過當她看清楚昏暗的會場中那一張張呆板的面具時，她知道努力是多餘的。她也戴著面具，不論喜怒哀樂，別人是看不出來的。

同學們都很重視這場舞會，個個盛裝打扮，不少人和她一樣租了小禮服來，就連男生也不甘示弱。人們面無表情卻興致高昂的聊天，會場鬧烘烘，氣氛卻十分詭異。

忽然音樂響起，大家都安靜下來。

一個戴國王面具的人站在舞池中央，手持麥克風說：「各位長官、各位同仁、各位同學，大家好。」聽那聲音，是校長。

高雪莉看見後面有個大肚男子，戴著幽靈面具，很像是督學，而不遠處有個瘦小的人手拿皮鞭打扮成馴獸師，她猜是她的導師。

校長又說：「我們學校教學正常，五育並重，沒有能力編班，沒有體罰，是一所優良的學校。這全都是陳督學督導有方，我們先請陳督給大家勉勵幾句話。」

幽靈進入舞池致詞。她沒去聽他說什麼，她努力就著有限的光線尋找李東陽。畢業班有三百多人，她得把握時間，若是舞會開始，就難找了。

遠遠的，她看見一個武士，他那熟悉的盔甲面具，高瘦結實的身材，沒錯，就是他。她再深深吸一口氣，挺直腰桿，走到他身邊徘徊。

舞會開始後，燈光七彩閃爍，音樂節奏狂野。她穿著蓬蓬裙，不便跳快舞，只好退到牆邊，盯緊他。

不久，快舞結束，柔和的音樂傳來，她的心跳得很厲害，因爲那武士果然朝她走來。

「這位美麗高貴的公主，不知是否有榮幸請您跳一支舞？」他說。

沒錯啊！那是他的聲音。她昏昏欲醉，卻仍強做鎮定，默默優雅的點點頭。

他領她入舞池，擁她入懷，隨著舒緩的節奏緩緩滑步。他修長的手指和她緊緊扣握，而她另一手安放在他魁梧莊重的肩膀上。他身上英挺的少年氣息與她的紫羅蘭香水混爲一氣，彷彿她倆沐浴在馥郁的粉彩花雨中。她真的醉了。

如果時間永遠停在這一刻，那該有多好！如果這裡不是體育館，而是美麗的皇宮，那該有多好啊！如果我真是公主，而他真是武士，我們是天造地設的一對，那該有多好！如果……。

然而不知何時，她察覺身旁有異，原先在一旁旋舞的人們竟宛如相斥的同性磁鐵，往兩旁急速退去。她心頭一抽，以爲別人發現她的身份，一時亂了方寸，踩到李東陽的腳。

「哇！」李東陽大叫一聲，抬頭看她。

她尷尬萬分，想道歉。

然而高雪莉還來不及開口，李東陽卻受到更大驚嚇似的，朝她身後大呼：「啊！賴文萍！妳這樣子，怎麼也敢來？」

高雪莉急忙回頭，見到賴文萍像條遊魂飄盪過來。人群遠離她，宛如她身上有著致命的瘟疫，只因她沒有戴面具，素著一張白淨的面孔，卻穿上台一中學的制服，那一套深綠上衣和黑裙子。

賴文萍緊盯著高雪莉，眼神如虎似狼穿透她，看得她心驚膽跳，冒出冷汗。

「可惡！怎麼穿別校的制服來跳舞？神經病！我們繼續跳，不要理她。」李東陽放開她的腰，用腕力帶動她的手臂，使她旋轉起來。

面對賴文萍的勇氣，高雪莉盡量保持鎮定，配合李東陽原地轉圈。可是不知怎麼的，會場中那一張張舞動的面具卻教她目眩神迷，頭昏腦脹。她隱約看見數百個來自幽冥的古靈，他們變形的五官，扭曲的表情，透露出卑微的羞恥、深沈的絕望、真實的恐懼、無盡的渴求、虛偽的榮耀、復仇的罪惡……。

「這些面具，一張一張都曾經戴在我的臉上啊！一張一張都曾經戴在我的臉上啊……。」

她不禁慌張而羞愧的流下眼淚，幾乎要窒息昏迷了。

於是，高雪莉用力推開李東陽，扯下臉上的美人面具，坦誠的與賴文萍四目相望。

「啊！我的媽呀！怎麼是妳？」李東陽慘叫，如同見了鬼。

「呀——」人群中也發出陣陣的怪叫。

高雪莉不理會他們，顫抖的朝賴文萍走去，牽起她的手，隨著節拍慢慢引導她舞蹈。賴文萍低頭檢視腳步，抬頭看高雪莉時卻淚濕雙眼，苦苦一笑。

她倆在舞池中漫遊，人們卻退到牆邊和角落議論紛紛。

「沒戴面具也敢跳舞，真不要臉！」

「裝扮成台一的學生和公主，就以爲自己是了嗎？真是丟人現眼。」

高雪莉聽到嘲笑和謾罵，她聽到抗議和噓聲，她聽到導師用麥克風傳來的警告：「高雪莉和賴文萍，妳們違反了舞會的遊戲規則……」

兩人聞言卻是破涕爲笑，任性的繞著舞池，跳得起勁。

「高雪莉和賴文萍，妳們擾亂舞會秩序，請馬上離開，否則送訓導處……」

她們變換舞步，順著對方的姿態，調整自己的步伐，越跳越有默契，越跳越歡快。

「高雪莉和賴文萍，妳們……」

是的，在這座真偽交戰，表裡爭鬥的競技場中，高雪莉和賴文萍手牽手，肩並肩，光榮的敗下陣來了。

然而在七彩與黑暗交織，汗水和喧囂混雜中，她們閉上眼睛，卻嗅到一絲清新的空氣，聽見天使祥和驕傲的歌聲。

# 6

# 愛上風獅爺

當洋山灣粼粼的波光中，點綴著東北季風吹送而來的大杓鷸時，王智翔的腦海便會出現一尊高大嶄新的風獅爺。

那風獅爺人立著，水藍色的壯碩身軀上打了一條大紅披巾，銅鈴般的大眼和合不攏的闊嘴有著卡通人物的憨笑。那模樣宛如一位古意厚道的傻大個兒，穿著童軍服，熱心的在街頭站崗，保護村落安全。

「鈴……鈴……鈴……」白煙燻繞風獅爺，鈴聲循著規律的節奏響起，空中傳來威嚴莊重的唱咒：

「一枝斑管毛穎生，喝飲神砂點眼睛；明光照耀周法界，鑑察天地萬里程……」

平緩雄渾的念唱，彷彿傳自亙古的安魂曲，使他忘卻擔驚受怕，沒有煩悶憂愁，完完全全沉浸在安全和舒鬆之中。那咒聲又像是一股生命流泉，淋洗那風獅爺，喚醒石心中沉睡的饕餮神靈。

風獅爺活起來了，祂一手頂天，一足頓地，擁他入懷中，他成了天真無邪，滿懷好奇的小紅嬰。剎時，有個影像與風獅爺交疊，那是他阿爸矮胖的身影和智翔滿心的歉意。

在金沙鎮，風獅爺並不少見，根據鎮公所調查，共有四十五尊之多，每尊的形態都是獨一無二的。有坐地的，有蹲立的，也有站直的；有齜牙咧嘴，猙獰凶悍的；有開口含笑，可愛逗趣的；也有一臉稚氣，撒嬌討喜狀的，各自具有獨特的生命力。

偏偏在智翔腦海中出現的總是高大人立，水藍憨厚的那一尊。

還記得那一年他讀高一，鎮郊的一個叉路口在半年內發生了兩次死亡車禍，一個國中女生被貨車碾過，一位老先生騎機車兀自撞上電線桿，兩人都是當場斃命。這在車子不多，馬路不擁擠的金門，是很不尋常的事情，於是大家紛紛傳言，是那兒煞氣太重所致。

智翔家做的是雜貨店的生意，柴米油鹽，賺點蠅頭小利，由阿母招呼，而阿爸是一位會作法的「師公」，頗受村人敬重。

在一連主持兩場招魂儀式之後，面對鎮民的憂心忡忡，智翔的阿爸決定請示神明，尋求解決之道。於是在他家神壇點香、膜拜、博筊。幾番請問之後，媽祖婆示意，是那路口沖犯風魔惡煞，必須塑立風獅爺鎮止煞氣，方能保出入平安。

那時各級學校正在推行「反迷信」運動，並大量印製「迷信害人知多少」的故事集系列，鼓勵師生廣泛閱讀與討論。

那些書中，多的是乩童、道士假藉神明旨意，對信眾行騙的事跡。也有迷信靈符爐丹的信徒，生了病不去就醫，而把香灰當成救命良藥，因而延誤病情，甚至敗身喪命，遺憾終生。

這運動一開始，智翔便有不祥的預感，深怕阿爸「師公」的身份會遭惹非議，成爲眾矢之的。果不其然，每每在老師提到神棍、乩童四處騙財騙色時，同學們嫉惡如仇與幸災樂禍的目光全都聚焦在他身上。

邱明凱最是白目，有一次大聲的說：「老師，我們請王智翔發表他的看法，他每天耳濡目染，體驗最豐富了。好不好？」

老師沒有爲難智翔，只是瞄他一眼，咳嗽兩聲。

他以前總是缺乏一夫當關的勇氣，絲毫不敢爲阿爸辯駁。他暗自承認他是心虛，當同學們給他那麼大的壓力，他只能低著頭，隱忍歧視。然而這一次，都被人連名帶姓的點出來了，還有逃脫的餘地嗎？

於是，智翔站起來大聲抗議：「我阿爸不是騙子，他從不騙人，都是別人主動上門的。他也從來沒有定價碼，都是信徒自己包紅包的。」

「……」同學們先是一陣錯愕，緊接著爆笑不止。「哈——哈——」

王智翔紅了臉，默默的坐下。

如果有人力挺他，爲他說句話，他不至於羞愧到那麼嚴重的地步。或許，有個人爲他說句話，他還有勇氣挺起胸膛，力排眾議，甚至，找邱明凱理論，挽回尊嚴。

但是，從此，他不曾再爲阿爸說過一句話。

「你也知道，我是不迷信的。我爸是我爸，我是我，當『師公』的人是他，又不是我。」他主動在人們面前數落阿爸的不是，用撇清關係來換取認同。「現在是科學時代，哪有什麼鬼神？」

那陣子，他的良心還游離在「大逆不道」與「割袍斷義」的天平兩端，不知如何取捨。

但漸漸的，爲了表明自己的立場，在討論「迷信害人知多少」的課堂中，他毋須老師點名，率先主動發言，將神棍、乩童、師公……一干人等，加以批評一番，以博取同學的掌聲。到最後，他放棄內心掙扎，將所有的過錯歸向阿爸，好讓自己得以立足。

於是，他漸漸疏遠阿爸。

放學回家時，遠遠看到阿爸在店門口，他撇過頭，假裝不見。吃飯時，他在碗裡挾滿肉和菜，窩在電視機前，緊盯著螢幕。不小心與阿爸四目相接時，他只用受害者埋怨加害人的眼光與他瞬間交談。

阿爸很快就察覺不對勁，卻只是偶爾無辜的發牢騷：「啊！是怎樣？人家說小孩子到了青春期會變番，就是指這樣嗎？」

他阿爸個頭不高，理小平頭，心寬體胖，平日逢人都是笑瞇瞇的，而阿爸那樣說他時，也是帶著酒窩，並無怒氣。

有一天，阿母跑來問他：「你是怎麼了？對你阿爸有什麼不滿？」

「哪有？」

「怎麼沒有？」阿母不信。「你那雙眼睛有怨氣，一支嘴翹嘟嘟，看到你阿爸就裝屎臉，不要以為我看不出來。」

「沒啦！」

他難以啟齒，因為否定自己的父親，無疑是逆倫造反，可是放任父親危害人間，又是天理難容。

他矛盾不已，最終向母親大吼：「三百六十行，什麼不好做，偏偏要做『師公』，真是可惡！」

阿母錯愕：「你說什麼？你再說一次。」

「我說，別人都有正當的工作，爲什麼阿爸偏偏要當『師公』，去騙人的錢。妳知道在學校別人都怎麼看我的嗎？我被人當成笑話在講，見笑死人了。」

「做『師公』有什麼不對？爲人辦事，幫人解決問題，我看不出有什麼不對。」阿母說。「你沒看到厝邊隔壁，親戚朋友，大家都很尊重你阿爸，有什麼疑難雜症都來找他參詳。什麼『騙人的錢』？你阿爸難道掐著人家脖子，逼人家來找他辦事嗎？亂講！」

智翔哪聽得這些，早已握緊雙拳，淚流滿面，奪門而出。

來到海邊，面對遼闊的海天，他咒罵：「可惡啊！命運之神，你不該將我生在那個『邪惡之家』啊！害我幫阿爸背黑鍋，忍受不白之冤。」

隨即，他拍打自己的頭。唉唉苦叫：「唉喲！我真的是中毒太深了，居然會相信天地之間有『命運之神』。這迷信害人之深，真是無所不至啊！」

與至親日夜相處，卻視其爲仇人，這種痛苦非筆墨足以形容，而輾轉反覆的苦楚，也非年輕的他所能承受。他抱著頭，不知如何是好。

他認爲他不該同流合污，不該助紂爲虐，他既然改變不了阿爸，總可以離開吧！

「對！我應該離開，離開這個邪惡的家庭，但是……」

他想離家出走，可金門這彈丸之地，何處可離？

不久，石匠將鎮煞的風獅爺雕好了，運到叉路口安置。村民都興奮好奇，跑去觀看，路口擠滿人，唯獨智翔不爲所動，冷冷的面對一切，彷彿憤世嫉俗的獨行俠。

一個北風呼呼的臘月天，阿爸作法爲祂開光點眼。

阿爸備齊了寶劍、毛筆、白雞、硃砂、毛巾、水盆……等物品，要智翔幫忙拿到叉路口，他心中雖有百般不願，但礙於父親的權威，還是跟去了。

那一座嶄新的風獅爺，渾身被漆成深藍色，只有頭上綁一條大紅巾，鼻頭一圈血紅。祂手拿一個葫蘆瓶，高高的站立著，像獅、像虎、又像人。祂咧開嘴，露出一對大門牙和一雙虎牙，傻呼呼的笑著，像個可愛的小丑。然而在智翔眼中，那卻是四不像的怪獸，是迷惑人心的假偶，是愚弄百姓的幌子，那是謊言，是笑話，也是恥辱。

阿爸頭戴「師公帽」，身著道袍，手搖鈴鐺，熟練的揮舞驅邪寶劍，神情莊重肅穆。可看在智翔眼中，盡是裝神弄鬼，無一可取。

阿爸捧起水盆，唸唸有詞：「此水不是凡間水，乃是九天五龍精。化天天清，化地地靈，化人人長生……」

接著，抓起白雞，在雞冠上咬出一個見血的傷口，再拿毛筆沾染雞血。圍觀的群眾都興奮躁動，智翔卻是皺著眉頭，感到殘忍。阿爸說：「金雞原來出扶桑，為神點眼開靈通；寶劍揭取真精血，千年點眼萬年光……」

隨即揭開綁在風獅爺頭上的紅巾，阿爸又唱：「一枝斑管毛穎生，喝飲神砂點眼睛；明光照耀周法界，鑑察天地萬里程……」

阿爸左手搖鈴，右手拿硃砂筆，口中念咒語，面容嚴肅專注的在風獅爺頭、胸、腹、四肢點光。

村民們配合阿爸的口令，高聲呼喊：「發啊——發啊——」眾人燒香膜拜，祝禱聲響徹雲霄，人人神情專注虔誠，下跪頂禮。

智翔看著，忽然腦海中浮現出電影中的某些畫面：那是蠻荒部落舉行祭典，巫師激動的呼告不知名的神靈，群眾受到鼓舞，紛紛感動的朝營火拜下。那熊熊烈火燃燒了天空，也映照出人們急切期盼的臉龐，以及遭人鼓舞、利用、迷惑的無知……。

可憐啊！可憐啊！這些人。

他負氣，捧起地上那一盆水，毫不留情往風獅爺潑去，大聲嚷說：「這都是假的，都是假的，你們不要被騙了。那個人是一個騙子，你們不要上當了。」

忽然間，空氣凝結，眾人受驚，鴉雀無聲。

阿爸從震驚中清醒，一時怒不可遏，大聲斥責：「你在做什麼？你在做什麼？你發什麼神經？好好的『開光科儀』，竟然跑來作亂。跪下！給我跪下！求神明饒恕你。」

智翔握緊雙拳，不知所措。

「跪下！跪下！」阿爸又大聲喝令。

「不要，我不要。」

智翔看見人人的眼神都透著驚恐，彷彿將他視爲妖魔附身，煞神沖犯。是啊！眾人皆醉他獨醒，全世界都瘋狂了，而獨獨未發瘋的他，反成了瘋子眼中的瘋子了。

他點數身旁的人，說：「你們都發瘋了。你，你，你，還有你，你們都發瘋了。」

智翔受不了這狂亂的世界，拔腿狂奔。

「回來！給我回來……」

阿爸在他身後呼喊，聲音卻越來越遠，越來越淡。

他在海邊徘徊，狂猛的東北季風吹起漫天風沙，捲起千百層浪，大杓鷸驚飛。那濤天浪擊似乎在搥打他的心，翻滾的長浪是心頭澎湃的思緒，他完全不知下一步該怎麼做。

他感受到一絲絲的自尊和成就，至少他鼓起勇氣，爲真理公義發聲，可是，這下子跟阿爸扯破臉，卻惹上一個不肖的罪名，這該怎麼辦才好？

心結紛雜，莫衷一是，他甚至有股衝動，想將自己淹沒在驚濤駭浪中……。

夜裡，他忐忑不安的回到家。他發現大門沒關，屋裡一片漆黑。

鄰人阿添伯看見他，慌張說：「唉呀！你這夭壽子啊！你阿爸被你氣得中風，送進醫院，你慘了，你闖下大禍了。」

他心頭一驚，急忙衝到診所。

他看見阿爸昏睡在病床上，道袍未脫，臉上青筍筍，毫無生氣。

「阿翔來了，阿翔來了。趕緊，去叫你阿爸，叫他清醒過來。」不知是誰人說了這話。

他懊悔的跪在阿爸床前，阿母望著他，無聲的落淚。

「阿翔啊！你這夭壽死囝仔，看你做的好事啊！」

「你阿爸人這麼好，怎麼生出你這個孽子？真是家門不幸啊！」

「這下你高興了吧！少年人要叛逆也該有分寸，現在鬧成這樣，你阿爸若沒死，也要去掉半條命了。」

親友的責難如砲彈般落在他肩上，他的頭低低的埋在大腿上，腦中一片空白。

隔天，阿爸仍然昏迷不醒，阿母跑回家，跪在媽祖婆面前不斷的祈求。他內心充滿徬徨與恐懼，深怕阿爸死去，怕阿爸半身不遂，而他這罪大惡極的逆倫惡魔該如何抵罪？他不知如何是好，慌亂中，只能跪在阿母身邊，陪她落淚。

風獅爺……啊！風獅爺！

剎那間這念頭在他腦中閃現。

「風獅爺是阿爸給祂開光點眼的，祂該會感念阿爸的恩情吧！」他想。

「如果是我觸犯風獅爺，因而連累阿爸，那麼就請風獅爺降罪到我身上吧！」他這樣想著。

於是，他跑到叉路口，在風獅爺面前長跪不起，殷殷懇求。

「風獅爺！求求祢，一切都是我的錯，請祢降罪給我，不要連累到我阿爸。可不可以，讓我少活幾年，來幫我阿爸添歲數？可不可以求祢，保佑我阿爸趕快好起來？求求祢，求求祢，拜託！拜託！」

他一拜再拜，求了復求。

迷茫慌亂的他，宛如漂盪茫茫大海，攬截住一根小小的浮木。朦朧中，他在黑暗的隧道裡，看見一點如星光般的亮點……。不知過了多久，他在懺悔呼告中疲累睡去。

所幸，阿爸昏迷三天之後醒過來，並且漸漸恢復正常，真是不幸中的大幸。

醫生對他說：「好佳在，你阿爸爆開的血管不是主要動脈，要不然就要直接去蘇州賣鴨蛋了。目前雖然沒有生命危險，但還是得小心，不能再受刺激了。」

他好開心，好欣慰，阿爸脫離危險，而且復原有望。他也宛如被赦免重罪，重獲自由。

他彷彿從惡夢中轉醒，才驚覺做了以前自己最不恥的事情——求神拜佛。他深自悔恨慚愧，爲了以前的自以爲是。

經過幾個月的休養、治療與復健，阿爸左手麻痺的症狀逐漸消失，左腿無力的情況也大大改善，行動漸趨輕鬆自在。

阿爸痊癒之後，並沒有怪罪他，只當他是一時沖犯風魔惡煞，失去理智，還怪罪自己道行不夠，無力降魔。

這件事在校園中傳開，同學都知道他「大義滅親」的「功績」。

邱明凱對他舉起大拇指，說：「真有你的，換做是我，我才不敢。」

老師在「迷信害人知多少」的課堂中，也舉這個當例子，讚許智翔的勇氣。但老師連忙又說：「雖然王智翔勇於破除迷信，但是對自己的爸爸，還是不要用忤逆的態度才好。發現父母有不對的地方，我們應該好言勸諫，不要大聲斥責，這樣才符合孝道……」

然而，智翔卻與以往完全不同了。他沒有絲毫驕矜之氣，也無喜悅之情，他靜靜的聽，微微的笑，對於「反迷信」的課程不再發言表態，對於同學追問過程的細節，也緘默不語。

他知道在這氛圍中，他很難與人真誠分享體驗。他當然痛恨神棍，他仍然反對迷信，但是他不再大聲，因爲他瞭解到信仰的重要，也領悟到人心脆弱，需要宗教扶持的一面。他不就是那樣度過倉皇失措，最狂亂無助的時刻嗎？

阿爸仍然兼職「師公」，而他在出社會之後，進入陶瓷廠工作。

幾年前，朋友邀他一同成立工作室，創作風獅爺吉祥飾品，作爲遊客參訪金門的紀念品。由於他有陶瓷廠捏塑陶瓷的經驗，一口便答應了。

現在，風獅爺仍是村里的守護神，並且在金門開放觀光之後，成爲遊客最喜愛的觀光景點。而他製作的風獅爺印章、吊飾、項鍊和擺飾，也因此成了熱門的搶手貨。

阿爸常常會來工作室逛逛，提供一些意見。

「這眼睛要瞪大一眼才夠威嚴，嘴巴要闊一點，才能吃風……」

阿爸的建議他都一一照辦，因爲比起他自己，阿爸更是風獅爺的專家。

記得開幕那一天，阿爸來店裡，主動向客人介紹起風獅爺的典故：「人家說金門保護台灣，而風獅爺保護金門。最早，金門的樹木被鄭成功砍去建造海船，沒有大樹擋風，風沙淹沒田地房屋，因此人們就立風獅爺來鎮風。後來只要是有沖煞的地方……」

說了半天，阿爸看看四周，忽然皺著眉頭問智翔：「咦！奇怪，爲什麼你

店裡面這種站起來的，藍色的風獅爺最多？」

阿爸望著他，眼神流露稚氣，而他卻是尷尬一笑，無力作答。

# 7

# 失去聲音的戲棚

水墨般的夜清涼如水，恩主公廟前大埕上正搬演一齣酬神布袋戲。

強光照耀下，彩樓上的五爪青龍精神奕奕的扭舞著，而七尾彩鳳也昂首驕傲的展現華美炫麗的羽毛。強光如均沾的雨露，也照在一旁如巨傘般的古榕上，虯曲的枝椏如深長的皺紋，低垂的鬚根就像是老者斑駁的鬍髭。

強光將戲棚圈成一座獨立的霓虹宮殿。沉穩俊秀的小生布偶正演出「功名歸掌中」的戲碼，和面面相對的恩主公形成一明一暗，一文一武，一鬧一靜的鮮明對比。

「怨嘆幾年命運低，鳳凰落毛不如雞，等待一朝羽毛滿，也能騰空上天梯。」小生輕跨台步，揮扇吟哦，三進兩退，似有志難伸。

「在下粱炳麟，泉州府人士。自小勤勉讀冊，博學多才志在功名，奈何十載寒窗苦讀盡付東流，屢次赴考皆敗北；唉呀！空有滿腹經綸，只因考官有眼無珠……吁，噓！惱，惱，惱也……」擴音喇叭流出的聲音口條清晰，丹田有勁，沙啞中透出歲月痕跡，聽得出滄桑和智慧的味道。

## 失去聲音的戲棚

戲棚下站著五個小孩，似懂非懂的望著戲棚，他們的父母大概在廟裡拜拜，不一會兒，就有兩個被喚走了。廟公是一位七旬老翁，難得聽見這般斯文的戲文，好奇的抬凳子出來看戲。台上的演師是一位個子瘦小的中學少年，他暗唸著口白，從布幕的細縫中瞧見了廟公，便格外振作精神，專注的操弄掌中的布偶，絲毫不敢鬆懈。

緊接著，演師將小生請下台，迅速拿左手套進小丑仔，撐起劉生。

「在下劉生，家住福建泉州……」

少年演師心跳漸漸加速，呼吸也急起來，手中的小丑隨著顫抖。

「……」突然一片靜謐，戲棚上失去聲音，廟宇和戲棚兩座宮殿如天平兩端一高一低的砝碼，雖然因此回復些微平衡，卻引人焦躁不安。

「砰！」台上響起撞擊聲，似乎掉落什麼東西，有人慌張的起身。

「咦？明明燈還亮著，有電哪！是不是插頭鬆了？」

皺著眉頭，六神無主，東摸西觸，自言自語的人是「復興閣」第二代接班人阿承師。他原本坐在錄音機旁邊，叼著一根菸，修理電風扇，一時讓這突如其來的失聲，驚得掉落手上的機器。

「咦呀！不可能呀！錄音帶還在捲哪！怎麼會無聲呢？」他打開錄音機，拿出錄音帶仔細端詳，看不出任何異狀。「難道發霉了嗎？不會吧？也不過才用了一年多。」

廟公氣沖沖來到後台，仰頭質問：「現在是怎樣？哪有人戲演一半的？」

「歹勢！歹勢！錄音帶出問題，我修理一下，很快就好。」阿承師猛點頭道歉。

「喂！神明等著看戲。趕緊啊！」廟公手插腰，挺胸縮腹，不耐煩。

「很快就好，很快就好。」阿承師亂慌慌的將錄音機按了又按，開了又關，就是放不出聲音，慌得他滿頭大汗。

「讓神明等太久，我等一下就給你扣錢！」廟公吹鬍子瞪眼，硬朗的身子因生氣而顫動。

阿承師打手機回家，想叫妻子送另一份拷貝過來，無奈電話通了，卻沒人接。「幹！一定又跑去找阿櫻仔玩四色牌，這個查某！」

阿承師轉頭，急急對台板前的演師說：「阿宏啊！你趕快回家拿錄音帶，『功名歸掌上』，就放在三樓衣櫥旁的第二個抽屜……」

廟公伸手指著阿承師說：「說什麼肖話？你是演布袋戲的師傅，你就接下去演哪！等你的錄音帶來，我廟門都關好了。」

「不會啦！少年人騎機車，很快啦！」

「我不要等，你給我接下去演！」

阿承師心虛的看著手中的錄音帶，半晌才紅著臉吐出：「……真是歹勢！這齣戲是我阿爸在世時新編的，我沒有學過……」

「什麼？」廟公大叫。「做戲的人說不會搬戲，我生耳孔沒聽過，我看你可以收一收回家了。兩天的戲，你第一天就凸槌，我去跟天生仔說，今天演的不算錢，以後不要再請你了，早知道會這樣我就聽別人的話，請電影來放。奇怪！你老爸就不會這樣。」

「財伯仔，等一下就好，我叫我兒子回去拿，騎機車很快……」

「爸！爸！不用了。」阿宏對阿承師說，又轉頭向廟公說：「歐吉桑，你回去坐好，馬上就搬戲給你看。」

阿宏轉身面對前方，打開麥克風，學錄音帶的音調說：「在下劉生，家住福建泉州，自幼與梁兄哥同窗，情同手足。現今科期將屆，待我前去梁家，邀我梁兄哥前往應考，期望一試及第，光宗耀祖，享受榮華富貴。」

廟公聽聽口白，後文接前戲，言之有理，不是少年人胡謅瞎掰，便回到台前，繼續看戲。而阿承師卻是驚訝得張大嘴巴，宛如失了神魂。

阿宏熟練的操演戲偶，替換角色，一會兒扮斯文的梁炳麟，一會兒扮逗趣的劉生，隨著劇情的演進又半捲舌頭，壓低聲音演老神仙。雖然他的聲音幼嫩，沒有錄音帶裡的那股成熟蒼勁，但是該做足的音色表情，該說演的句句口白，都絲毫不差，不輸專業的老演師。

戲中的梁炳麟應劉生之邀，考前在仙公廟圓夢，夢見白髮老翁在他手中寫下「功名歸掌中」五字。他心中暗喜，以爲科期必定高中，誰知放榜之後竟然又是名落孫山。

阿宏演到這兒，故意放慢速度，皺起眉頭，唉唉嘆息。

緊接著，梁炳麟失意落魄，學鄰居操弄傀儡自娛。他嫌懸絲傀儡複雜難學，便將戲偶縮小於掌中，自編詩文爲口白，日益精鍊，獲得鄉里歡迎。不久，各地人士爭相請他演出，他因此功成名就。

阿宏語帶笑意，用一種得獎的歡樂心情高聲讚嘆道：「有道是有心栽花花不開，無心插柳柳成蔭，老神仙哪！老神仙，你所言不差，果然功名歸掌中，能傳家鉢萬萬年。」

終於，經歷一個多小時，阿宏完成演出，他因興奮而緊繃的神經一下子放鬆了，整個人顯得有些疲累，但他的心情仍是亢奮的。

阿承師接過麥克風說：「各位善男信女，『功名歸掌中』今天爲各位演出完畢，是由信士林天生誠心誠意恭祝恩主公聖誕千秋，祈求風調雨順，國泰民安。請明日同一時間再會。」

阿宏一邊彎腰收拾布偶，一邊頻頻輕瞥阿爸，嘴角微揚。他心中充滿成就感，又熱切的期待著什麼。

阿承師神情嚴肅走到錄音機前面，取出錄音帶，吐出一口氣，說：「這錄音帶，是不是你搞的鬼？」

阿宏望阿爸一眼，瞬間又將目光移回戲籠，怯生生的說：「沒有，我不知道。」

「不知道？」阿承師瞪他。「你會不知道？不然你怎麼會接下去演？該不是你早就準備好了吧？」

「哪有？這一齣戲不知演了幾十次了，我聽久了，早就背熟了，當然會演。」

「當然，當然，你是天才。演了幾十次，爲什麼我就不會演？你不要以爲會講口白有多了不起，一場好的演出，少不了後場配合。你剛剛演的只有口白，沒有後場配樂，算是演出一半。那就像是吃飯沒有配菜，白米飯再香，也只是單獨一味，少了酸、甜、苦、鹹，怎麼好吃？」

阿宏嘟起小嘴，心裡嘀咕：如果不是我，你就糗了，自己不用心，還怪別人。不過想想，爸爸的話也並非沒有道理，剛才的演出雖然接得順遂，但是少了音樂伴奏，真的少了生氣，想不到廟公竟然能接受。

「你不要以爲這樣，我就會把劇本給你。下禮拜你不就要模擬考了嗎？等到明天這一場演完，你就好好的讀書。讀書，讀考試的書，把學力測驗考好。讀那些劇本有什麼用？」

阿公留下來的手抄劇本鎖在保險櫃裡，阿宏曾經向爸爸要了許多次，都遭到拒絕。爸爸總是說：「你專心讀你的書，討那些劇本做什麼？作戲這一途你就不要想了，你不看看現在是什麼時代，連放電影都沒什麼人要看了。你阿公教你弄戲偶仔，那是好玩，你就沒事幫我上台弄弄，反正沒有人會計較弄偶仔的是個孩子，神明也不計較，但是你不要忘記，讀書才是你的頭路，我和你媽媽望你給我們翻身啊！」

前天，阿宏和阿爸吵了一架。他想要看阿公的劇本：《三國誌》、《封神演義》和《東周列國誌》，爲的是多學一些武打戲。他不喜歡《功名歸掌中》這種文謅謅的書生戲，不能打殺翻滾，飛天遁地，弄起來不過癮。

阿爸說：「這都要怪你阿公，當初要他多錄幾卷錄音帶，他就偏偏不要，說什麼放錄音帶對神明不敬。又說做一個頭手，若是靜靜無聲，怎麼對得起祖師爺。我咧拜託一下，已經走到電子時代囉！還有誰親口演布袋戲呢？這幾卷錄音帶還是我偷偷錄起來的，要換當然可以，一卷一卷慢慢來，放到壞掉再說。」

阿宏記得，阿公在世時說：「搬戲這功夫，千斤道白三兩技，念口白雖然靠丹田，損中氣，說到大粒汗小粒汗直直流，確實很費氣力。但是扮得入迷時，喜、怒、狂、顛，行雲流水，都會忘了自己是誰。若是剷奸除惡，大快人心，就算嘴角全波，拿喉燒聲，卻是爽在心裡。柴偶仔是咱在弄的，怎麼叫我柴柴站在台上，變成另一仙柴偶仔？」

這一卷「功名歸掌中」是阿公新編的戲碼，並非傳統舊戲文，爲的是應台大人類學教授之邀，到台北演出。阿公說要讓年輕人瞭解布袋戲，得要從布袋戲的歷史演起，雖然那故事只是個傳說，卻有十足的趣味。可是阿宏不頂喜歡，不只因爲節奏慢，主要是爸爸一放再放，他一演再演，覺得煩了。

「沒有錄到的，我想看劇本。」

雖然放錄音帶時，聽著阿公的聲音，彷彿阿公回到人間，重新回到戲棚上，使他感到溫暖親切，但是他更想看看舊戲文——那些阿公沒有留下聲音，卻印在童年回憶裡的模糊聲紋。

「你讀你的書去，不要亂亂想了。」爸爸揮揮手說。

「我想看劇本。」阿宏大聲說。

阿爸被惹惱了，說：「你再亂鬧，我就修理你。」

「我只是想看阿公的劇本。」阿宏臭著臉。

爸爸一巴掌打在他手臂上：「不要再囉唆！好好的給我讀書！」

「需要幫忙時就叫我演，真的人家想學，又叫人家不可以學。」阿宏覺得自己雖然是個演師，卻是個啞巴演師；手中弄著布偶，自己卻是別人的布偶。

小時候，阿公常常弄偶仔逗阿宏笑。阿宏哭鬧，父母騙不贏，阿公就接手，開戲籠拿丑角，搖頭晃腦的念念唱唱：「酒啊！酒啊！酒酒酒！酒是米共麴，飲落去目睭駛三角，有人倒落西，有人倒落東，無人擱落夯咧——擱落夯咧——」小丑仔身著大紅袍，頭戴虎皮帽，手執酒壺，顛顛倒倒的扭腰擺臀，一下子就弄得阿宏破涕爲笑。

阿宏上國小以後，手頭長大了些，阿公就正式教他操弄偶仔。那是一仙白面書生，阿公挺胸，輕輕請書生出場、整冠、跨步、回身，口中吟道：「少小需勤讀，文章可立身，滿朝朱紫貴，盡是讀書人。」

阿公說：「小生斯文，開步舉手都要穩當，身要正，行要穩，搖葵扇高不過眉。這些柴偶仔，要動是很簡單，打來打去好像很精彩，其實只是唬外人耳目，真正難的就在文質彬彬的小生。小生練好了，其他行當就沒問題了。」

那時，阿公將手掌抽出偶仔，反覆展示手指的相關位置，阿宏驚奇的發現，阿公的中指、無名指和小指已經上了膠似的黏合在一起，而且與食指呈九十度角。阿宏撐著布偶，張開小手，勉力拉撐，五指仍各自分離，小生的頭因而歪斜一邊。阿公呵呵笑，說：「你這叫做度龜雞，要練到像阿公這樣頭直身正，才會人模人樣。」

從此，壓手指成了阿宏自訂的功課，不論上課、洗澡、上廁所、看電視，他都努力將後面三指扳離食指，弄痛了也無所謂。阿公要他練右手就好，阿宏卻偷偷練左手，因為主演的頭手是站在台子左邊的，靠左手撐持人物。

以前阿公多少還會教他弄偶仔，爸爸卻只會催他寫功課，問考試成績。對於學布袋戲一事，爸爸是三不政策：不鼓勵、不教導，也不反對。

收拾好戲籠，套上鎖，爸爸帶阿宏到夜市宵夜，這是演出夜場之後的例行回饋。阿宏賣力的演出了整場，耗了不少氣力，這會兒肚子很餓，他連吃兩碗滷肉飯，爸爸卻只吃了一點小菜。

「阿宏，多吃一點。」

「嗯！」阿宏點點頭，奮力扒碗中的飯菜。「爸，你怎麼吃那麼少？」

「以前你阿公在的時候，每次演完戲都要來這兒吃滷肉飯，一吃就是三碗。我說放錄音帶比較輕鬆，他就不聽，費那麼多力氣。」爸爸低頭尋思一會兒，又抬頭笑說：「阿宏啊！剛剛我真是嚇了一大跳，錄音帶突然沒聲音，這戲就演不下去。沒拿到工錢就算了，壞了自家的信用，以後就沒生意作了。唉！像這樣一連兩天的戲，已經很少有，大部分都只請一天，意思一下。還好你接得下去，不然就悽慘了。」

阿宏得意一笑，夾起一塊粉腸，看看桌上還有豬肝、滷大腸、炒鱔魚和炒花枝。今天的宵夜比往常豐盛，想是爸爸嘴巴不講，心裡是感謝他的。

阿宏心虛的將目光停留在碗裡的滷肉飯上，一時忘了去吃它，他想起阿公的菜肉飯。

好幾年前，一場強烈颱風來襲，造成大停電，剛好瓦斯沒了，風大雨急，瓦斯行也不送瓦斯。晚餐時刻到了，媽媽用慣瓦斯爐，一時不知如何才好，只能嗅著冰箱內回溫冒汗的菜肉透出的凍酸味，搖頭嘆息。

阿公對媽媽說：「起個灶，隨便煮個菜肉飯就好了。」

媽媽一臉抱歉，說：「起灶？哪裡有灶？就算有大灶，我也沒用過，不要說煮飯，起火我都不會。」

阿公搖頭嘆氣，叫阿宏冒雨到院子牆角搬來十幾塊紅磚，就在屋簷下疊成一個簡易的爐灶。阿公又叫爸爸拆下舊床板，用火柴點燃，拿把葵扇對灶口搧了又搧，接著又洗米，裝在一鍋水中，架在磚灶上面。一時白煙燻滿屋子，阿宏肚子咕咕亂叫，心裡透著幾許疑惑。

沒幾分鐘，鍋壁就燻黑了，阿宏接過阿公的葵扇，亂搖一通，一陣黑煙嗆得他咳嗽連連，滿臉眼淚鼻涕。等到鍋子像狂牛喘氣，噴出陣陣米香水煙，阿宏、爸爸和媽媽都面露驚喜。

阿公打開鍋蓋，將洗切好的，冰箱裡拿出來的肉類和蔬菜加入鍋子裡，挽救它們即將腐敗的命運。起鍋之前，阿公淋入一大匙的醬油膏和香油，一股前所未見的美妙氣味猛往人鼻子裡鑽。阿公拉開嗓子大叫：「吃飯囉！」

不到十分鐘，熱飯燒菜還燙痛著舌肉，鍋底就朝天了，連底下焦黑的鍋巴也被飯匙刮得一粒不剩。

阿公點燃一支香菸，蹲在廊簷下，抬起下頦，噴出白煙，說：「唉！吃飯皇帝大，煮飯的功夫怎可忘記呢？」

這話讓收拾碗筷的媽媽慚愧得不敢抬頭。

「唉！說到煮飯，人家說日本新型的電鍋可以保溫二十四小時，照我看，無效啦！白米飯煮到變黃米飯，香味走經去了。咱們的大同電鍋好一些，現煮現吃，不能隔頓吃，白飯反倒卡青。」阿公又說。「不過，電鍋還是比不上瓦斯爐煮的飯，瓦斯爐可以煮出香擱脆的鼎疕（鍋巴），可惜，現在連會用瓦斯爐煮飯的人都很少了。」

爸爸煞有介事的整理著戲籠裡的布偶，阿宏一旁靜靜聽著。阿公又說：「不過，呵！電鍋也好，瓦斯爐也好，攏比不過這柴燒的飯，有厚厚的火炭香，白米一粒一粒站起來。雖然慢火去燉，等卡久，但是煮出來又擱香，又擱Q。唉呀！煮飯的器具一代一代新，白米飯卻越來越無滋味囉！」

想到這兒，阿宏嚥下一口飯。不知是不是時空的距離製造美感，他覺得口中的滷肉飯雖然好吃，卻比不上阿公的菜肉飯香甜。他不禁抬頭望天。黑幕讓夜市的燈泡照亮，星星消失無蹤，連月亮都顯得黯淡無力。

隔天一早，出乎意料，阿爸竟然交給他一本劇本，上頭寫著：「封神演義——哪吒鬧東海」。

「這是今天要演的戲碼，你讀一下，記住出場的人物順序，到時候我演頭手，你在旁邊幫忙。」爸爸說。

「爸，你是說你要親口演嗎？」

「唉！你不要和阿公一樣死腦筋好不好？放著現成的錄音帶不用，浪費力氣。還好，我以前錄了好幾卷，雖然不完全，沒有整套大戲，但是應付廟會都還夠用。」爸爸頗得意。

阿宏有些失望，卻又非常高興，他喜孜孜的翻閱，看著劇本裡阿公留下來的筆跡，讀著裡頭精彩的故事。那裡面有些字很潦草，大小不一，有黑有紅，有些句子是文言文，他都不太懂；不過，這些都無法削弱他高昂的興致。

阿宏看過阿公演這一齣戲。那時的阿公得到台大人類學教授的賞識，受邀到台北小劇場表演，阿宏跟著去見世面。

阿公演頭手，爸爸演二手，阿宏在後台幫忙準備布偶，不時被阿公的聲調吸引，頻頻回頭望向阿公的背影。阿公身上穿著一件白汗衫，蒼蒼的白髮下，讓汗水浸濕了一大片。

他演的是什麼內容，阿宏不是記得很清楚，但阿公有時壓低嗓子低迴悲嘆，有時拉高音調激昂慷慨，有時停頓數秒製造懸疑，有時頓足叱喝狂怒不已。阿公一會兒是奇功蓋世的神仙，一會兒是面目猙獰的精怪，一會兒是風韻猶存的齊眉旦，一會兒又是逗趣笑鬧的小丑。就連年紀與阿公相差五十歲的小孩兒李哪吒，阿公也捏著嗓子扮童音，演得維妙維肖。

當神妖鬥法時，雙方揮拳踢腳，騰空鑽地，又砍又殺，爭吵打鬧，哀嚎四起。那些布偶玩弄在阿公雙掌之間，彷彿千軍萬馬，氣勢磅礴，阿公比神仙還要厲害啊！沒等戲演完，台下人群禁不住激動，時時鼓掌叫好，見到妖精消滅，更是起立喝采，歡聲雷動。散戲之後，不少人湧上戲棚，張大眼睛，伸出雙手，好奇的玩弄布偶，阿公和爸爸在一旁應和講解，應接不暇。

回程的車上，阿宏開心的說：「阿公真厲害，台下有好多好多人，像是被催眠了，大喊大叫的。」

阿公笑笑，搖頭說：「那些人怎麼算多，以前我們轟動中南部時，看戲的人比這些多十幾倍。很多人站得很遠，看不清，但是有聽到喇叭放送的聲音，他們就很爽了。唉！我怎麼不知道，剛才台下的人，有些是教授安排的，故意大聲喊，製造氣氛。我搬戲四十多年了，台下的人看多了，怎麼會不知道呢？」

「爲什麼要這樣做？」阿宏歪著頭。

阿公停了一會兒，悠悠的說：「人家教授看得起我們，熱誠邀請，眞感心。唉！但是人家拿我們當古董那般愛惜，古董卻是古董啊！破了就不再有了。」

阿宏完全不懂阿公爲何嘆氣，明明受到熱烈的歡迎啊！

阿公似乎心情低落，因而轉移話題說：「阿宏啊！不只台上在搬戲，台下也是一個戲棚，台上忠孝節義，台下才是眞實的人生。有老母給囝仔飼奶的，有婆媳冤家相罵的，有人喝酒醉跑來打某的，有賊仔偷燒酒螺吃的，也有剪鈕仔被抓到，被人打到歪腰的，也有討客兄故意在人群中眉來眼去的。人生百態，鬧熱程度，一點都不輸台上的戲喔！」

「有一次，」阿公突然精神一振。「你舅公欠人錢，討債人追著打，他躲到臺下人群中，被我看見了。我叫你阿爸引他躲在戲籠裡，又改編戲文，弄起小丑仔，說：『天下最難事，欠債無錢還，我在下不才，苦勸列位，有事好參詳，不要動干戈，戲若散場後，請後台相見。』結果討債人聽了，歡喜走了。散戲時他們來找我，我叫你舅公出來面對，我幫他調解。若不然，他早就被人打了，沒死也去了半條命。」

「還有一次，」阿公說得起勁，又想起一件往事。「那時我才十九歲，媒人來說親，要做你阿嬤給我相識。相親的地點就是彰化火車站，我兩人相看有愜意，你阿嬤知道我是演布袋戲的，說要來看我搬戲。那一夜，說來就來，我突然間看到她站在台下，害我歹勢到忘記台詞。台下觀衆忽然聽台上無聲，還以爲發生什麼大事情呢！實在眞見笑。呵！呵！」

「哈！哈！」阿宏跟著笑。「阿公是老江湖，想不到也會忘記台詞。」

「是啊！哈！哈！哈！」

那一趟回來，阿公衣錦還鄉，親朋好友都來慶賀，說是名聲透到台北去了，眞正是「頂港有名聲，下港尙出名」，多麼的了不起。不過，阿宏注意到，阿公總是含蓄的點頭笑笑，人家問他演出的盛況，他都只是謙遜的說：「沒什麼啦！沒什麼好講的啦！」

那是阿宏國小升六年級前的暑假發生的事了。

阿宏升國中時，阿公腦溢血過世，爸爸接下「復興閣」戲班，阿宏也正式登台。從此阿宏聽著阿公的聲音在耳邊迴盪，卻是「有聽聲無看影」，他常常懷想，是否阿公的神魂還依依戀著戲棚，不肯離去？有時他擺弄著布偶，雙手又痠又累，腦子渾渾沌沌，恍惚中還會以爲阿公就站在身邊和他同台演出呢！

下午時，爸爸將「哪吒鬧東海」所用到的布偶依序排在台板下的布袋上，有哪吒、龍王敖光、龍王三太子敖丙、托塔天王李靖、李夫人、巡海夜叉、太乙眞人……。

爸爸說：「阿宏，這齣戲以前十分轟動，我做阿公的二手，演過幾十場。你今天第一次演，沒關係，我演頭手，你演二手，聽我的命令拿偶仔給我就好。到時候記下演出順序，以後你就多會一齣戲了。」

看爸爸熟練的擺放布偶的位置，阿宏興奮的問：「爸，你會演這齣戲嗎？」

「當然，這齣戲我也主演過十幾次。都是這樣的，看久了，聽多次了，就背起來了。不過我有你阿公的錄音帶，還是讓你阿公來演吧！哈哈！」

阿宏苦笑著弄起哪吒布偶。那哪吒穿紅肚兜，手拿乾坤圈，腳踏風火輪，看起來神通廣大，卻是個小娃娃，眞是有趣！

吃過晚餐，八點整，爸爸關掉播放的流行音樂，拿起麥克風說：「啊！各位善男信女大家好，今天是恩主公聖誕千秋，今日戲齣是由信士林天生誠心誠意答謝恩主公神恩庇蔭，恭祝恩主公福如東海，壽比南山。今天演出的是《哪吒鬧東海》，敬請觀賞。」

緊接著，爸爸按鍵一按，鑼鼓點和嗩吶交相響起，音調高亢，節奏緊湊，熱鬧得不得了。

爸爸從容走回台前，請起哪吒，一上場就是一番拳腳功夫。

「哦——哈——呀——」

哪吒在台上翻滾跳躍，前踢後踹，左掌右拳，虎虎生風。阿宏心情激昂，那不就是他最想演出的武打角色嗎？他雙眼緊緊盯著哪吒不放。

「腳踏風火輪，手執乾坤圈，紅綾搖一搖，龍宮響震天。我乃李哪吒，陳塘關總兵官李靖之子，時逢五月，天氣暑熱，心下煩躁，意欲出關閒玩，先去稟過母親，再啓程前往。」阿公那熟悉的聲音又響起了。

「來，那仙圓眉旦，請出去。」

爸爸發號施令，阿宏聽話，請出哪吒的母親李夫人。

阿宏忽然想起廟公。往下看去，廟公不在廣場上。昨晚那些小朋友也都不見了，倒是有一位老太太和兩個老先生搬了凳子坐在台下，一邊搧扇子一邊看戲。

阿宏倒是替爸爸感到快慰，那廟公眞是夠兇的，昨晚毫不給爸爸留情面。

不過，也或許是廟公的刺激，爸爸今天的演出，似乎格外謹慎。

天熱難耐，哪吒在河邊洗澡，將七尺混天綾放入水中，把水都映紅了。他擺一擺混天綾，江河晃動，搖一搖，乾坤動撼，驚動了龍宮。龍王派巡海夜叉去巡視，夜叉卻與哪吒起爭執，雙方動手鬥法。

「哦——哈——哦——」兩人你來我往，翻滾跳躍，拳打腳踢，彷彿隨著音樂跳起武術之舞，煞是好看。

爸爸將那哪吒和夜叉舞得難分難解，最終哪吒將乾坤圈往空中一舉，打在夜叉頭上，將他打死於河岸邊。

「啊——」阿公的聲音渾厚有力，把那夜叉的死前哀嚎，叫得悽厲而乾脆，讓人聽得痛碎心肝。

龍王三太子接了龍王的命令前往抓拿哪吒，又被哪吒打死。龍王大怒，到陳塘關興師問罪，嚇得李靖及夫人張口如癡，結舌不語。龍王悲憤未消，要奏上玉帝，將李家滿門抄斬。

阿宏手弄著李夫人，也覺得這哪吒太不懂事，害得一家愁雲慘霧，這小娃兒眞該打屁股。

三人退場之後，哪吒來至乾元山金光洞找他師傅太乙眞人想辦法。阿宏正要請出太乙眞人，爸爸卻右手一伸，接過布偶。

他舔舔嘴唇，大聲對阿宏說：「來！這仙，我來弄就好。我口渴，你去那邊拿茶過來。我有泡好一大杯烏龍茶，就在那個塑膠杯裡，音響旁邊。」

阿宏聽話，過去拿水，心裡卻嘀咕：站了半天又沒說話，怎麼會渴？幹嘛喝水？

他走到音響旁，偷偷將阿公的聲音放大，以爲心裡會舒坦些，卻覺得很淒涼。

聽著阿公的聲音，阿宏忽然想起一件往事。

媽媽說阿嬤過世後，阿公停演了三個月，阿嬤百日之後，才又復出。有一次演出時，戲裡是熱鬧團圓，阿公竟然哽咽失聲。台下人不知道原因，便交頭接耳，鬧烘烘的。

媽媽說平常音響喇叭放得很大聲，壓過台下的人聲，而那一次是她第一次聽到，戲棚下竟然比菜市場還熱鬧。

「大約停了二十秒，阿公又振作起來，恢復精神，完成演出。」媽媽語重心長的說。「沒有人知道阿公爲什麼哭，我們當晚輩的當然也不好去問他這種事，那是長輩的面子啊！不過後來，舅公有一次和阿公喝酒，阿公酒後吐眞言，說是那天看到戲棚下有一個老婦人，長得很像阿嬤，他一時忍不住，就哭出來了……」

「阿宏，你在幹什麼？趕快拿茶過來呀！」爸爸兩手弄著布偶，不能揮手，於是挪下巴，擠眉弄眼，催阿宏。

阿宏抬頭看爸爸一眼，望著他身上的汗衫，似乎又見到阿公的背影。

「哪吒！你這個好哪吒！孽子啊！你犯下滔天大罪，害得全家遭受滅門慘禍，我今天必先大義滅親，殺了你，帶你的屍首到玉帝階前請罪……」阿公正演出李靖，聲聲淒烈。阿宏彷彿看見阿公臉紅脖子粗，又悲又惱的模樣。

「阿宏，你到底在幹什麼？發什麼呆？欠揍啊？」

爸爸張大嘴，生氣吼他，那表情不正符合此時的李靖嗎？如果他再兇一點，再激動一點，那麼就和阿公入戲的神態不相上下了。呀！爸爸的聲音渾厚，中氣十足，充滿中年人的成熟韻味。

記得上禮拜廟公打電話來訂戲時，爸爸客客氣氣的跟他討價還價。爲了爭取好的價錢，爲了珍惜難得的生意，那時爸爸的聲音堅定而委婉，溫和而多情，像斯文有禮的小生。

上一回阿宏要繳學費，媽媽正好賭輸錢，爸爸又接到五千多塊的信用卡帳單，兩人把繳費單當皮球踢來踢去，很快的就情緒失控大吵大鬧。隨著媽媽機關槍似的挖苦，爸爸的吼叫越來越粗魯，越來越激亢，那聲音含著冤仇和不幸，帶著絕望和惆悵，像極了慷慨粗獷的花臉。

而就在不久前，爸爸中了六合彩，贏得十二萬彩金，在朋友們慫恿下到海產店擺了一桌酒菜請客。幾杯黃湯下肚，爸爸臉紅了，眼矇了，抓著卡拉ＯＫ的麥克風，邊扭屁股邊唱「舞女」。媽媽罵他「老三八」，爸爸於是裝瘋賣傻，摟媽媽的腰大跳恰恰，並且揚起眉毛，吐著舌頭，捏尖嗓子，故意將一首歌唱得落花流水，惹人捧腹大笑。那怪聲怪調唱出了爸爸忘我的驕傲和自大，表現出矛盾的荒謬和戲謔，不正是詼趣逗笑的小丑仔嗎？

爸爸的聲音具有磁性，能深深吸引人啊！爸爸的聲音豐富多變，靈巧婉轉，可高可低，音域很廣啊！啊！這樣美麗的聲音，沒有出現在舞台上爲布偶們發聲，實在是太可惜了。

阿宏忽然很想聽聽爸爸演出的聲音。

爸爸說他主演過這齣戲十幾次，自然將台詞背得滾瓜爛熟。看他技巧純熟的操弄布偶，人物上下，出場退場都絲毫不差，爸爸主演的情形會是怎樣呢？他好想聽聽看，好想聽聽看。

哪吒說：「常言道：『一人做事，一人當。』……」

阿宏不自覺將音響按下錄音鍵，那一瞬間，他的靈魂彷彿抽離了身體，他的身子不由得冷冷一顫。那按鍵的動作輕巧乾脆，就像一次自然不過的呼吸，一個沒有人會在意的眨眼，完全不像是第一次的那般生澀猶疑。

突然，時間凝結，空氣靜止。

「唧……唧……」老榕下草叢裡傳出秋蟲嘶鳴，廣場陷入一片肅穆的默哀氣氛。

爸爸的身子猛的一抖，隨即用虎狼般的眼神狠狠的瞪著他。爸爸沒有接口演下去，卻是破口叱喝：「你娘咧！我早就知道是你搞的鬼，不給你說破，想不到你現在還敢亂來！」

阿宏心頭一抽，滿頭冷汗。他如夢初醒，慌亂亂的按掉錄音鍵，回復播放鍵，繼續放送出阿公的聲音：「……我豈敢連累父母……」

爸爸氣不過，放下李靖，將哪吒用竹枝撐住，插在台板上，衝過來要打他。「今天我如果放過你，我就不叫阿承師。你娘咧！我咧飼老鼠咬布袋，生雞卵的無，放雞屎的有，飼你這一隻畜生。」

阿宏快步躲開，跳下台去。

就在前天，他要不到阿公的劇本，便趁爸爸不在家時，偷偷的拿出「功名歸掌中」的錄音帶，賭氣按下錄音鍵，將大半部洗個精光。他沒想到，今日自己竟會做出同樣的動作來。

他上氣不接下氣的逃到廟埕上，一顆心幾乎要跳出口來。只聽得擴音喇叭裡，阿公裝扮稚嫩的童音：「我一身非輕，乃靈珠子是也。奉玉霈符命，應運下世。我今日剖腹……」

突然，阿宏回頭望著彩樓上呆呆站立的哪吒出神。

那哪吒雙臂平伸，筆直站立，宛如被釘在十字架上，而華麗的彩樓，炫爛的繁華世界，精彩的戲卻還沸騰著。那哪吒眞可憐，就像讓人點了穴動彈不得，又像失了魂魄的稻草人，佇立在一個完全不屬於他的世界中。

「剜腸、剔骨肉，還於父母，不累雙親……」阿公聲淚俱下的說著。

「這個畜生！你敢再跑！再跑！」爸爸五官扭曲，喘氣追過來。

廟裡頭人潮洶湧，煙霧瀰漫，敬獻的牲禮、水果和金紙滿滿擺了好幾桌，金爐裡燃著熊熊烈火。阿宏心想，只要跑進廟裡，混進人群，爸爸肯定抓不到他。

於是廟埕上，阿宏咬著牙，奮力奔跑。

七彩燈光映在粗糙的水泥地面，夜風吹來，幾片乾枯的榕葉沙沙擦過，空氣中清冷荒涼。那三位看戲的老人不知何時離開了，只有不遠處的老榕垂著無力的鬚根。

忽然他發覺，空無一人，他身邊空無一人，偌大的廟埕上，沒有半個人在看戲，完全沒有人在看戲。

來自心底全然的孤、寂、冷、靜，使他從迷茫中驚醒。阿公的話不對啊！戲棚下並不像阿公說的是另一個戲棚啊！這裡沒有老母給囝仔飼奶，沒有婆媳吵架相罵，沒有人喝酒醉跑來打老婆，也沒有小偷偷燒酒螺吃，什麼都沒有。

這只是一片被人遺棄而長滿雜草的田地，甚至是一個空曠淒冷無人踩過的原始荒原。

阿宏茫然的環顧四周，只看見強光之下的戲棚七彩炫麗，哪吒一人孤伶伶獨挑大樑，卻不知戲已經一幕接一幕，演到哪個精彩的情節了。無助的哪吒似乎同情的注視著他，而他則回以更悲涼的眼神來安慰哪吒。

於是，他流著無聲的眼淚，緩緩蹲下，木然的接受爸爸的責罰。

——本文獲教育部文藝創作獎優選

# 附錄：鄭宗弦少兒文學著作一覽表

| 書名 | 出版社 | 出版日期 |
|---|---|---|
| 姑姑家的夏令營 | 九歌出版社 | 一九九九年二月 |
| 第一百面金牌 | 九歌出版社 | 一九九九年七月 |
| 又見寒煙壺 | 九歌出版社 | 二〇〇一年一月 |
| 媽祖回娘家 | 九歌出版社 | 二〇〇一年七月 |
| 我家要嫁鬼新娘 | 富春出版社 | 二〇〇二年四月 |
| 阿公的紅龜店 | 民生報社 | 二〇〇二年八月 |

| | | |
|---|---|---|
| 神豬減肥記 | 小魯出版社 | 二〇〇四年一月 |
| 前世今生愛上你 | 九歌出版社 | 二〇〇四年四月 |
| 超魅力壽司男 | 小兵出版社 | 二〇〇五年二月 |
| 魔幻快車驚魂記 | 小兵出版社 | 二〇〇五年七月 |
| 麵包超人在我家 | 小魯出版社 | 二〇〇七年四月 |
| 台灣炒飯王 | 九歌出版社 | 二〇〇八年四月 |
| 紅龜粿與風獅爺：鄭宗弦精選集 | 九歌出版社 | 二〇一〇年七月 |
| 快樂植物人：歡喜付出當義工 | 台灣東方出版社 | 二〇一〇年九月 |
| 有人在鹿港搞鬼 | 四也出版公司 | 二〇一一年十一月 |
| 調皮的鬼娃娃 | 小兵出版社 | 二〇一二年一月 |
| 我家的神鬼老大 | 小兵出版社 | 二〇一二年十二月 |
| 大龍燈vs.小星燈——我和我家的外籍看護 | 聯經出版社 | 二〇一三年二月 |
| 鬼強盜與大屎神 | 小兵出版社 | 二〇一四年二月 |

# 鄭宗弦少兒文學著作一覽表

| | | |
|---|---|---|
| 阿里山迷霧精靈 | 四也出版公司 | 二〇一四年五月 |
| 無敵鐵便當 | 巴巴文化 | 二〇一五年六月 |
| 媽祖林默娘 | 晨星出版社 | 二〇一六年五月 |
| 穿越故宮大冒險1：翠玉白菜上的蒙古女孩 | 小天下 | 二〇一六年十月 |
| 穿越故宮大冒險2：肉形石的召喚 | 小天下 | 二〇一七年五月 |
| 來自星星的小偵探1：我不是討厭鬼 | 小魯出版社 | 二〇一七年六月 |
| 來自星星的小偵探2：P怪客的瘋狂歡樂派對 | 小魯出版社 | 二〇一七年十二月 |
| 少年廚俠1：兩王的心結 | 親子天下 | 二〇一八年三月 |
| 少年廚俠2：西湖鳴冤記 | 親子天下 | 二〇一八年三月 |
| 來自星星的小偵探3：怨靈的火焰舞會 | 小魯出版社 | 二〇一八年五月 |
| 異國料理大賽：少年總鋪師3 | 九歌出版社 | 二〇一八年六月 |
| 一封沒有字的信 | 文房出版社 | 二〇一八年九月 |
| 電子書：瞎掰舊貨攤系列 | readmoo讀墨 | 二〇一四年九月 |

後記

# 為讀者寫出「更貼心」的書

我很能理解身為文字創作者，最希望的是能夠展現才華，表達理念，進而影響人心。然而對讀者朋友來說，他們閱讀文字的目的大多是希望獲得趣味、享受休閒與心靈被撫慰的感覺。兩者之間難免落差。

因此一位創作者如果想要延續出版的生命力，不能只想著自己要說什麼，還得先想想讀者想聽什麼。你所說的是他們想要的東西嗎？

我發表的第一篇作品是一九九六年，二十七歲入伍時期，為雜誌所寫的九份旅遊散文。而後三年陸續投稿與參加文學比賽小有成績，寫的都是成人的文學。

西元一九九九年，我參加九歌現代兒童文學獎比賽，作品《姑姑家的夏令營》榮獲佳作，正式出版了一本書，而後連年進步，又出版了《第一百面金牌》和《又見寒煙壺》，最後終於在第四年以《媽祖回娘家》獲得第一名的榮耀。我成功轉型為了一位少年兒童文學作家。

同時身為國小教師的我，日日與少年兒童為伍，能近距離觀察與處理他們言行舉止與心理問題。我不禁要說，我是非常幸運的，這兩種身分使我能兼顧創作者的理想實現與讀者的閱讀需求，使我能延續創作生涯，不斷出版新書，至今達二十年，八十多本作品，累積了不少忠實的讀友。

二十年前讀國小的小讀友們，現在已經而立之年，許多仍然支持著我的新作品，不少人也有了下一代，開始要接觸書本，邁進文字的世界。這使我萌生一個念頭，我希望「完備」我的作品，從繪本、橋樑書、童話、兒童散文到少年小說。讓一個孩子從小就開始讀我的書，然後在不同階段中，仍能由我的作品一路陪伴到他長大。

這本《紅龜粿與風獅爺》純然為少年兒童而寫。七個短篇少年小說裡的主角，涵蓋小學中年級、高年級到國高中，乃至以成年後的身分回顧蒼白的少年往事。

書中的少年心糾葛在自己、朋友與家人之間，他們的困境包括了：不被人瞭解所產生的寂寞；對自我生命存在的質疑；霸凌別人的施暴者內心脆弱的尊嚴；被時代遺棄的人內心的無奈與徒勞的逆襲；功利的升學主義下，對純真友誼的渴望；否定上一代之後的懺悔與彌補；對於歷史光榮傳承的期待……等等。

衷心期望能透過這些故事，幫助孩子們瞭解自己，接納自己，超越自己，並且去理解別人，關懷他人。

在追尋人生目標的過程中，人們難免迷茫了方向，我也不例外。

所幸身為作家，有作品記錄著踩踏過的足跡，猶如刻入石中千年不滅的碑帖，可供時時回顧，呢喃檢視，惕勵自己「莫望初衷」。

重讀七年前為這本書所寫下的序文，仍可見當年「做回自己」的喜樂。而今，寫作已不是讓自己開心而已，隨著年齡增長，閱歷豐厚，身邊的人事更迭，使我關懷的層面與範圍隨之擴展，因而為讀者寫出「更貼心」的書，成為更明確的目標。

這是重讀這些作品並寫後記時，最美麗的收穫。

鄭宗弦

二〇一七年八月十七日
寫於台中

新世紀少兒文學家 10

# 紅龜粿與風獅爺
## 鄭宗弦精選集

作者　鄭宗弦
插畫　劉淑儀
主編　林文寶
創辦人　蔡文甫
發行人　蔡澤玉
出版發行　九歌出版社有限公司
臺北市105八德路3段12巷57弄40號
電話／02-25776564・傳真／02-25789205
郵政劃撥／0112295-1
九歌文學網　www.chiuko.com.tw
印刷　晨捷印製股份有限公司
法律顧問　龍躍天律師・蕭雄淋律師・董安丹律師
初版　2010年 7月
增訂新版　2017年10月
新版 3 印　2021年 1月
定價　260元

書號　0171010
ISBN　978-986-450-148-9
（缺頁、破損或裝訂錯誤，請寄回本公司更換）



國家圖書館出版品預行編目資料

紅龜粿與風獅爺: 鄭宗弦精選集／鄭宗弦著 ; 劉淑儀圖. -- 增訂新版. -- 臺北市：九歌, 2017.10
面 ; 公分. -- (新世紀少兒文學家 ; 10）

ISBN 978-986-450-148-9（平裝）

859.6　106015890

新世紀
少兒文學家

新世紀
少兒文學家

新世紀
少兒文學家

新世紀
少兒文學家